作家と猫

平

目次

Ⅰ 猫、この不可思議な生き物

II　猫ほど見惚れるものはない

Ⅲ いっしょに暮らす日々

Ⅳ 猫への反省文

Ⅴ 猫がいない！

Ⅵ　猫的生き方のススメ

題字　塩川いづみ
装幀　佐々木暁

作家と猫

Ⅰ 猫、この不可思議な生き物

室生犀星と猫のジイノ

猫の定義と語源

古く、ねこま。人家に畜《たくわ》ふ小さき獣、人の知る所なり。温柔にして馴れ易く、又能く鼠を捕ふれば畜ふ。形、虎に似て、二尺に足らず、性、睡りを好み、寒を畏《おそ》る。毛色、白、黒、黄、駁《ぶち》等、種種なり。其睛《ひとみ》、朝は円く、次第に縮みて、正午は針の如く、午後、復《ま》た次第にひろがりて、晩は再び玉の如し。陰処にては常に円し。（原文はカタカナ）

『大言海』大槻文彦著、冨山房

一 「寝子」よく眠るさまより。

二 擬声語。鳴き声に接尾語コの添えられた語〈広辞苑〉。

三 「練子」漢字の苗《メウ・ベウ》は細くて弱いという義をもち、猫とは、か弱い・可愛いなどの意と、メウ音によって猫の擬声とを兼ねるものである。したがって前項の擬声語とする解釈でよいのだが、和語のばあいなおかつ猫の姿態のシンネリとクネル（拗＝練）さまをネ音によって兼ねるという解釈を執る。

『日本語語源辞典』藤堂明保 監修、清水秀晃 著、現代出版

ネコ科の愛玩動物。ネコの鳴き声を示すネに、親愛をあらわすコ（子）をつけたものか。青森県八戸では、猫の幼児語はトット、猫を呼ぶときトトという。東北の北部で猫をチャコ、チャメ、チャベというのは、幼児が父、母、姉をチャアと呼ぶのと同系の語。猫をコマ、カンメといい、対馬でカナというのは、来い、来たれの意から名づけた。トトは、疾（と）うの意。関東から福島にかけて、コウネコネと猫を呼ぶのは、ネコの起りとは言いきれぬが、古名にネコマがあることは参考になる。

『語源大辞典』堀井令以知 編、東京堂出版

ネコ科に属する小動物。「ねこ」の「ね」は、その鳴き声から来たものだろう。幸田露伴は『音幻論』の中で「邦語でネコというのは、蓋しその動物の鳴き声がネと聞こえるよりしてネコと言った」という。「こ」は親愛を表す接尾語である。『源氏物語』（若菜下）に「ねうといとらうたげに鳴けば、かき撫でて」と、猫の鳴き声を表した例がある。猫の別名に古く「ねこま」というのがあって、「ねこ」はその略語だという説もある（南留別志）。この説によったとしても、「ねこま」の「ね」の語源は、鳴き声説に戻るだろう。なお、猫は「寝子の義。睡（ねむり）を好む獣也」（和訓栞）というような通俗語源も行われていた。

『新明解語源辞典』小松寿雄・鈴木英夫編、三省堂

『猫ばっか』より二編

佐野洋子

友達の家で生まれた子猫をもらうとき、

「いちばんおっとりしている、きりょうのいい猫だよ」

といわれた。

それは、

「かわいいけど、ちょっとバカ、いや、かなりバカ」

の違ういい方のようにきこえた。

猫の知能が高いからといって、議論をするわけではないし、
かわいいだけでたくさんよ。

ほんとうに大きな目としま模様のきれいな、おっとりした猫だった。

息子がえり巻きにしようが、しっぽを持って、つるさげようが、

ニャンと短く鳴いて、じっと目をつぶるだけだった。
これはほんとうのバカだ。
野良猫稼業《かぎょう》など張れないに違いない。

隣のおばさんが来て、
「お宅の猫が、池のいちばん高いらんちゅうを捕っていったわよ。
金網が張ってあるのに」
といいにきたとき、ぬれぎぬだ、あのノロリッとした猫に、
池の中の金魚が捕れるわけがないと思った。
それでもつぎの日、私はデパートの金魚売り場にいった。
らんちゅうを返さなくっちゃ、あのうすのろのぬれぎぬのために。
らんちゅうは高すぎたので、ぬれぎぬだからこっちでかんべんしてもらおうと、
和金の黒々とりっぱなのを、五匹、ビニール袋に入れて持って帰ってきた。
ぬれぎぬなのに。

つぎのつぎの日だった。

ベランダに、前の前の日のビニール袋に入っていた、
隣の池で泳いでいるはずの黒々と大きな和金が、二匹乾いて並んでいた。
バカでうすのろのはずのうちの猫が、その横にかしこまって、私を見上げていた。
つぎの日、残りの三匹が並んでいた。

*

暗くなって誰もいない家へ帰るのは多少の苦痛が伴う。
近くまで来て、明かりが一つもついていない箱のような黒い塊《かたまり》を見ると、
急に孤独感がおそう。
玄関のあたりで、鍵《かぎ》をガチャガチャさがすのもわびしい。
ドアを開けても中は真っ暗なので、
電気のスイッチをさがして、壁を手でさわり続ける。
そして明るくなる。
次に電気をつけて歩く。
それでも家は何だか機嫌が悪そうである。

死人を起こして歩いているような気分になる。
テレビを観《み》るあてもないのにつける。
カーテンを引く。
台所でやかんに水を入れるために、水道の蛇口をひねって水道の音をたて、
カチカチとガスに火をつける。
便所にかけこむ、元気に水洗便所の水が流れる。
家の中で人が動き、通常の生活が営まれると、
家全体が立ち上がるように生き始める。
家って生き物なのか。
どっこいしょとテーブルに座ってお茶を飲むころには、
家はすっかり機嫌を直している。
「よしよし、それでいいのだ」
というまでに、けっこう時間がかかるのである。

誰もいない家に帰る。
玄関で鍵をガチャガチャ鳴らす。

佐野洋子

電気をつける前に「ニャー」と声がする。
明るくなった玄関の床の真ん中に、
猫がまるで三《み》つ指をついているように座って、私を見上げる。
「オーよしよし、今帰ったからね」
猫一匹が私の留守の間、家の中で生き続けていてくれると、
家は死なないのである。
猫と一緒に、家もずっと生きていたのだということがわかる。

佐野洋子

猫

串田孫一

小猫が、少しも猫らしい疑いの顔付をしないで、澄して僕の部屋へ入って来てから、そして猫嫌いだった僕に追払う暇も与えずに肩へ飛び乗ってから、もう一年になる。

それが、数えれば腹の立つほどの多量の魚を食べ、また驚くほどの魚の頭を喰い残しながら成長し、十九匹のボーイフレンドを作り、うっかり、見てしまった僕もぞっとするような享楽に耽った末に、チビを三匹産んだ。あまり美貌とも思われなかったものを選んだことが、子猫の毛色から判って、僕は一応溜息もついたが、どうにもならない。

手ごろのところに並んでいた美術全集は、爪切鋏で切ってやるのもなかなかむずかしい子猫の爪でぼろぼろになったが、考えてみれば僕も猫のことでは、随分書かせてもらったので文句は言えない。

この二代目のうちの一匹だけが何とも言えない手つきで部屋の戸をあけることを覚えた。少くもその戸だけは立付が大変いいことを証明してくれた訳だが、その度に僕は立って戸を閉めに行かなければならない。人間という奴は、立ちあがる時に舌打ちをするという奇妙な癖があると、猫は首をかしげる。それよりも僕にとってもっと残念なことは、この歳になってついうっかりと猫撫声を出してしまうことだ。

お前、ついでに、もう少しお悧口にならない？　自分で戸をあけてここへ入って来たんだろう？　そうしたら忘れずに閉めるんだよ。猫はそれが分ったような顔をするからいやになる。

ネコとドア

日髙敏隆

ドアボーイ

きわめて当然のことながら、もともとネコたちにとって、ニャアと鳴いてしばらく待っていると、やがて開く「ドア」などというものは存在していなかった。

その証拠に、彼らはだらしのない人間たちと同じように、ドアをけっして閉めようとはしない。

寒い夜、ニャアニャア鳴くネコの声に起こされて、目をこすりながらドアや雨戸を開けてやる。ありがとうともいわずに外へ出てゆくネコを見送り、たぶん用をすましてすぐ戻ってくるだろうと、震えながら待っていると、いつになってもさっぱり帰ってこない。こらえきれなくなってドアを閉め、ベッドに入ってうとうととすると、またニャアニャアと哀しげな声。くそ、勝手に出ていってなかなか帰ってこなかったのだから、知るものか、ほっておけ、と思って眠ってしまおうとするのだが、ニャア……という声はますます哀しげになってくる。ついに起きあがって開けてやると、もうニャア……ともいわずに入ってきて、くるっと丸くなって寝てしまう。――こんな経験をした人は、エジプト時代に人間がネコを飼いはじめてから、いったい何人いたことだろう。近代になって個人（人間のである）が確立され、ドアのしっかりついた住居ができてくるに伴って、そのような確立された個人の数は、飛躍的に増えたに相違ない。

ネコの側は、何一つかわっていない。彼らにしてみれば、ドアなどというものは、本来、自動ドアと同じであって、だまって立てばスーッと開くべきものなのだ。そして、もし「自然に」ドアが開かなかったら、ニャアニャア鳴いて不満を表明すればいいのである。わがままな女とまったく同じである。いや、自動ドアに慣れてしまった今日の文明人とまったく同じことである。

スウィング・ドア

そういうことはあらかじめわかっていたので、ぼくの家ではリュリがきてすぐ、ネコ用のドアをつけた。

もちろん、通ったあとでドアを閉めないという、これまた女によくあるだらしなさをネコがもっていることを配慮に入れて、ドアはスウィング・ドアにした。つまり、ネコは通りたいときには頭でそれを押せばよく、あとはほっておいてもドアは振れもどって、ひとりでに閉まるというわけである。

帰ってきたときも同じである。ニャア……ともなんともいわなくても、頭で押せばすぐ入れる。そして、ネコにはまず絶対に教えることのできない、ドアは開けたらあと必ず閉めるものだということなど、考えてみる必要もなく、ドアは自然に閉まる。

このドアはたいへん成功であった。リュリはすぐこのしくみをおぼえ、いつもそれを利用した。彼女の子どもたちも、たぶん親の見よう見まねでおぼえたのであろう。みんなそろってこのドアから出ていっては、またみんなそろってそこから帰ってきた。

そのドアは洗面所のわきの壁に穴をあけて作ってあった。このドアの存在を知らないお客がきて、たまたま洗面所を使っているときにネコたちが外から帰ってくると、すくなからずびっくりしたらしい。いきなり壁がもちあがったかと思うと、そこから数匹のネコが次々に湧《わ》き出てきたからである。

けれど残念ながら、やがてこのドアはのらネコの黒に発見されるところとなった。彼はすきを見てそこから侵入し、うちのネコたちのために用意してある餌《えさ》を食べつくしては、ゆうゆうと帰っていくようになった。

ある日、彼はタイミングというか、状況判断を誤った。うちのオスネコが、彼の侵入に気づき、猛然と追いかけていって、洗面所で激烈な闘いになった。闘いあう二匹のオスネコが、ギャギャアーッととっくみあいながらこのドアを通過したのだからドアはひとたまりもなく吹っ飛んでしまった。

それ以来、ここは単なる穴としてしか存在していない。おかげで洗面所は、ネコの入口であるとともに、冬には風どころでなく、粉雪まで舞いこむ場所になってしまった。

求めよ、さらば開かれん

ネコやイヌがドアの前でしきりに鳴くとき、ぼくらは彼らが「開けてくれ」といっているのだと理解する。ところがものをむずかしく考える人がたくさんいて、そのような理解は正しくないと教えてくれるのである。

たとえば、言語学者のレーヴェスという人は、「イヌは開けてくれといって吠《ほ》えるのではなく、閉じこめられているから吠えるのである」といった。どうやら彼は、ある表現によって未来のことを支配しようとするのは、人間においてこそ可能なのであって、イヌやネコのような動物にはそんなことはできない、彼らにできるのは現状の報告だけである、と考えていたらしい。

これは、一時かなりの説得力をもったいいかたであって、ぼくもそうかなと思ったことがある。

けれど、動物行動学者のローレンツはこういうことをいっている——のどのかわいたイヌが水道の蛇口に前足をかけて、ワンワン鳴いているとき、それは人間の言語にかなり近いことをやっているのだ、と。つまりこのイヌは、疑いもなく、「早く蛇口をひねって、水を飲ませてくれ」といっているのだ。

ドアの前でネコが鳴くのも、それとまったく同じである。とくに、彼らがトイレにいきたいとか、子どもが先に外へ出てしまってすごく心配であるとかいう切羽つまった情況で、ぼくらの顔をじっと見ながら、ニャア……と鳴くとき、それはレーヴェスよりローレンツのいったことにはるかに近いだろう。

パンダの発明

ただ鳴いて「開けてくれ」とたのむだけでない。オスネコのパンダはもっとおもしろいことを発明した。

つまり彼は、人間のやっていることをつぶさに観察して、ドアを開けるとき人間たちは必ずノブにさわっている、ということを発見したのである。ここから彼はこういう解釈をした——したがって、ドアを開けたいときは、ドアのノブにさわればよい。

そこで彼は、部屋から外へ出たいとき、後足で立ちあがり、体と前足を思いきり伸ばして、前足の先でノブにさわることを始めた。

おもしろいことに、そのときはほとんどの場合、無言である。ひょこひょこっとドアの前へ走っていって、ひょいと立ちあがり、ノブに前足をふれるのだ。

それを見てぼくらはすぐドアを開けてやるから、パンダは自分の発明にすっかり自信をもってしまった。一日何回でも、開けてほしいときは必ずこれをやる。

最近は、これが他のネコたちにも伝わりはじめた。ずっと若い黒ネコの一匹が、同じことをやりだしたのである。

ところが、これがほんとうにノブというものの働きを理解した上での行動であるかどうか、いささかわからなくなるような場合もある。

パンダが外へ出かけていって、庭から帰ってきたことがあった。食堂にぼくらがいるのを見て、パンダは入れてくれという表情をした。そして、ガラス戸に手をかけて立ちあがったのである。

三枚引きのガラス戸には、もちろんノブはない。かぎはあるが、外側からは何も見えない。その何もないところへパンダは前足をかけたのである。もちろん、ガラスの部分でなく、かぎのあるべき木枠《きわく》のところにである。

ただ、その高さはドアのノブと同じだった。けれどこれも、ちょうど全身を伸ばしてとどく高さだから、たまたま一致しただけである。そのときパンダは地面から体を伸ばしたのだから、内側にかぎや引き手のあるところよりは、ずっと低い位置に足をかけたことになる。

だとすると、パンダにとっては、ノブがあってもなくても、体を思いきり伸ばして前足でさわれば、それが開けてもらえるという認識しかなかったのかもしれない。ノブが云々《うんぬん》という理解はなかったのではないか？

人間以外の動物を人間的に理解すること、つまり擬人主義をきらう人は、このような解釈をよしとする。

けれど、人間だって、たとえば横断歩道を渡るときには手を上げて、などと教わると、鉄道の踏切を渡るときも手を上げてゆく人がいるのだから、似たようなものではないだろうか。

むしろネコたちは、ノブが、ドアの開くことになにか重要な役割を果たしていることを理解して、それを「入口が開くこと」一般に拡大したのだと考えることも、十分できるわけである。

どのドアがいつもよく開き、どのドアはたまにしか開かないか、もちろんネコたちもよく知っている。人が出入りするときしか開かない玄関のドアの前で何時間もじっと待っていたり、そのノブにさわってみたりするネコはいない。

彼らはものがどのようになっているのかを、じつによく把握しているのである。寒くなると、ネコたちは外へ出るのがおっくうなのか、家の中で用を足すことが多くなる。そんなとき彼らは、たいていはトイレか流しにいく。そこが用を足すところか、あるいはネコたちにとってはたぶん同じことのように思われる水を流す場所であることを、ちゃんと理解しているのだ。

「動物つれづれ草」より「ネコ」

手塚治虫

第8話［ネコ］

「ネコのような女」という形容はあるが、「ネコのような男」とはあまり言わない。そこで今回はネコと女の類似点を考察してみた。

○ひまさえあれば顔や身なりをいじっている。(女は顔を洗っても天気はかわらない。ただし天気予報を見ていた女が急に化粧をし出すのは晴れる前兆)

○ひっかく、かみつく、なめる、にらむ、泣き、叫ぶ、ケンカの時わめく(もっとも夫婦ゲンカは人間のオスもわめくが)、甘える、ノドをならす、すり寄ってくる。

もっとも一般的な相似点

○図々しい。呼んでもなかなか来ない。「オーイ、お茶」くらいでは来ない。

○身のこなしがす早い。デパートでショーケースを見ながらノッソリ、ノッソリ歩いているかと思うと、特売場へ風のようにすっ飛んで行く。

○子どもをなめるように可愛がる。(ウンコの始末もする)

○女のうらみとネコのうらみは似ている。執念深い。残酷。化けて出るのは男より女の方が数倍こわい。化けネコはあっても化けイヌというのはない。

○マネキネコと美女は客の入りをよくする。
○ネコはメスにもヒゲがある。女房にもヒゲがある。（ホントにあるのだ。よく毛ヌキで一本一本ぬいている）

ややこじつけの相似点

○女はカツブシをかけたライスが好きである。（ホントかね?）
○暗くとも、ものが見える。電灯をつけなくとも女は冷蔵庫のありかや流しの位置、ことに引出しの中のサイフなどをあっさり見分ける。男は階段から足をふみすべらしたりして無理である。

真偽のほどはさだかでない相似点

○ネコと女はつきおとしてもちゃんと足から着地する。ウソだと思ったらビルの屋上から女をほうり出して見たまえ。
○ネコに小判という。女に小判を見せてもあまり喜ばない。（札束なら別である）
○ネコババというのは糞の意味で、ネコが糞をして後足で砂をけってかくすことから、悪事のあと知らぬ顔をするのをさす。女の万引のこと。ネコジジイとはいわない。

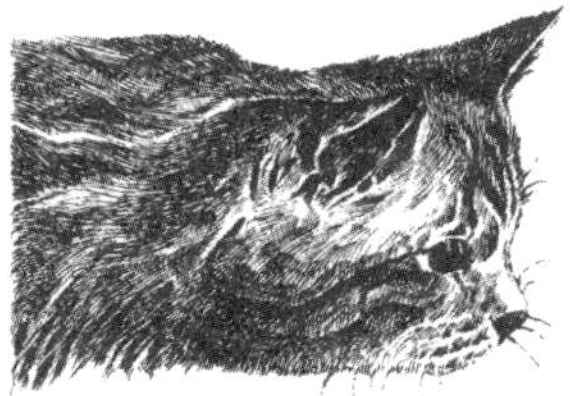

○ネコは三年飼って三日で忘れるそうだが三年同棲した女でもほかの男ができると三日もすればさっさと行ってしまう。（男なら一週間ぐらいは迷うものだ）
○ネコと女はふつう首輪やクサリでつながない。（男とイヌはおおむねクサリでつながれている）

絶対に信頼できない相似点

○ネコはテイシュ（うすい織物）などに坐る。女房も亭主の上に坐る。
○ネコの皮は三味線になるが、二十万年前、ピルトダウン人は女の皮をエーフルという楽器に使った。
○ネコの品種はイヌよりもずっと少なく四、五種ぐらいである。女の品種も、主婦型、妖婦型、タレント型、イモネエ型など三、四種しかない。

この原稿執筆後
女とネコに襲われ半殺しにあった作者

手塚治虫

ネコのうた

室生犀星

ネコは時計のかわりになりますか。
それだのに
どこの家にもネコがいて
ぶらぶらあしをよごしてあそんでいる。
ネコの性質《せいしつ》は
人間の性質《せいしつ》をみることがうまくて
やさしい人についてまわる、
きびしい人にはつかない、
いつもねむっていながら
はんぶん目をひらいて人を見ている。
どこの家にも一ぴきいるが、

ネコは時計のかわりになりますか。

室生犀星

ネコ

まど・みちお

あくびを　するとき
ネコのかおは花のようになります

だれも　見ていなくても
じぶんにも　見えなくても

でも　るすばんの　ざしきで
ネコが　かおを
クレオメの　花にしたとき
それを　見ていました

たたみのイグサの　一ぽん一ぽんが
しょうじの　さんの　一ぽん一ぽんが
てんじょうの木目の　一ぽん一ぽんが
かおを　すりよせるようにして

まど・みちお

桃代

和田誠

年月とともに、わが仕事場兼住居にやって来るお客さんが多くなった。夫婦それぞれの友人や仕事関係の人たち。妻は料理好きだし、調理の腕もいい。オリジナル料理でお客をもてなすこともあって、常連客が増える。

ある夜、常連客の一人赤塚不二夫さんが四匹の仔猫をつれて来た。常連の中に「猫を飼いたい」と表明したのが何人かいて、赤塚さんがその人たちのためにつれて来た仔猫たちだった。居並ぶ常連の前で赤塚さんは「こいつらは駄猫とアビシニアンの混血だよ」と説明して仔猫たちを入れた籠をあける。四匹が外に出る。中の一匹がイラストレーター山下勇三の膝に駆け寄った。勇三君は「これがいじらしい」と言って、その子を引取ることにした。ほかの連中が残る三匹を物色していると、妻が「うちも」と言い出し、ぼくが賛成し、妻は三匹の中の一匹を「この子」と言い、その子がわが家の一員となった。

夜も更けてきて一同が引き揚げたあと、夫婦と一匹の仔猫が残ったわけだが、妻はたちまちその子を「桃代」と命名した。人間の赤ちゃんでも犬や猫でも名前をつける時はたいていあれこれ考えたり悩んだりするものだと思うのだが、妻は一瞬で決定。ぼくが「なんで桃代なんだ」と聞くと「だってそういう感じがするのよ。それしかないわよ。桃代のシン子さんて呼びたいくらい」とわけのわからんことを妻は言い、とにもかくにも「桃代」以外は考えられない状況が生まれ、以後その子は「桃代」または「桃代さん」または「桃代ちゃん」あるいは「桃代のシン子さん」と呼ばれながら生きてゆくことになった。

妻は桃代がアビシニアンの血が入っていることを喜んだ。その昔、エジプトでクレオパトラが飼っていた猫がアビシニアンなのだそうで、真偽のほどは定かでないが、そんなことが妻は嬉しいらしく、たいそう可愛がっていた。桃代のほうも妻のそんな気持がわかるのか、母親でもあるかのように妻に甘える。

前述したが、わが家はアパートの三階。ベランダがあり、手摺の柵の間から下の通りが見える。妻が買物などで出かけると桃代はベランダに出て手摺の間から妻にギャオギャオと呼びかけるのだ。「行かないでちょうだい」とか「早く帰ってきて」とか言っているように聞こえる。

買物について行くこともある。買物ができる店は大通りの向う側。大通りは車がビュンビュン通る。妻が向う側に渡っても、桃代は渡らないでこちら側の歩道で待っている。妻は買物を終え、待っていてくれた桃代と一緒に家に帰るのだ。

桃代はちょっとした芸もした。紙を小さく丸めたものや紙で包まれた飴などを抛《ほう》ると、桃代はそれを追いかけて走ってゆき、後足で立って両方の前足でキャッチして、口に咥えて駆け戻り、抛った人（ぼく、または妻）の足許に落として「また投げてちょうだい」と言うようにニャンと啼く。可愛いし面白いが、それを何度も繰り返すのですぐにこちらが疲れてしまう。来客があると、お客さんにもそれをお目にかける。客にも受ける芸だった。

そんなふうに笑って桃代と過ごす楽しい日々だったが、やがて長男が誕生した。

赤ん坊が生まれると可愛がる対象が変わるので猫が赤ん坊に嫉妬するという話を聞いたことがある。そんなことで生まれたばかりの赤ん坊が引っ搔かれたりしたら大変だ。心配性の妻は「赤ちゃんの胸の上で桃代が寝ちゃって赤ちゃんが窒息したらどうしよう」と心配し始める。

それで妻の実家に桃代をしばらくあずかってもらうことにした。桃代は妻の両親に可愛がってもらいながら暮らしていたが、お父さんがひどく咳をするようになった。猫の毛が喘息を誘発させているのかもしれないと誰かに言われて、桃代をわが家につれ戻した。

ただし赤ん坊との問題がまだ残っているのと、借りているアパートの大家さんとの取り決めで動物を飼わない約束をしていたのにそれを守っていないことを指摘されたことが重なって困っていたら、イラストレーターで絵本作家で大の猫好きの田村セツ子さんが「私でよかったらしばらくあずかりましょうか」と助け舟を出してくれたので、お言葉に甘えることにした。

それからどれくらい経っただろうか。一年か二年経ったかもしれない。我ら夫婦は岸洋子さんのリサイタルを聴きにＮＨＫホールに出かけた。終演後外に出ると、とっくに夜になっていた。

帰り道、渋谷をぶらぶら歩いているとパルコのネオンが見えた。「パルコか。セッちゃんは確かこのへんに住んでるんだよね」とぼくが言う。「セッちゃん」は田村セツ子さんのこと。彼女が住んでいるのがパルコの近所なので、彼女のニックネームは「パル子さん」である。「セッちゃんちには桃代がいるのよね」と妻が言う。「そうだな」とぼく。「行きましょう」と妻。「でも知ってるのはこのへんということだけで、家の場所までは知らないよ」「でもこのへんなら、ちょっとあっちのほうへ行ってみてもいいんじゃないの」

というわけで二人は見当をつけてぶらぶら…というよりうろうろしていたのだが、そのうち妻が突然「桃代――っ」と大声で叫び始めた。「やめろよ。近所から苦情が出るぞ」と言っても妻はひるまない。さらに「桃代――」を続ける。しばらくしたら遠くのほうから「ニャン」という声が聞こえた。「桃代だ！」と妻。「まさか」とぼく。「桃代にきまってるじゃない、桃代が返事したのよ」「そんな都合よくいかないよ」などと問答をしていると、小さな黒い影が走ってきた。「やっぱり桃代ね」「まさか」。それをぼくが言い終わる前に、黒い影は妻の足許にすり寄っていた。暗かったが、よく見るとそれはまさしく桃代だったのである。

妻は喜びにあふれて「桃ちゃん、桃ちゃんのおうちはどこ?」ときいている。「そんなこと猫が教えるか?」とぼくが言うまもなく桃代は今来た方面に歩き出した。「あっちね」と妻。ぼくらは桃代について行く。桃代はときどき振り返ってぼくらを見てから、またとことこ歩く。まるで「こっちよ。来て」と言っているようだった。

二人と一匹は暗い道を十数メートル歩く。桃代はマンションらしき建物の前で立ち止まり、また振り向いてから建物の中に入ってゆく。二人はついて行く。部屋の並ぶ外廊下を少し進むと、部屋の一つ、台所らしき場所の窓がわずかにあいている。そこに跳び上がって桃代は入って行った。「ここなんだ」。二人は入口の表札を見た。「田村セツ子」と記されていた。まぎれもなくセッちゃんの居所だ。呼び鈴を押す。返事はない。妻は口紅を取り出し、持っていたメモ用紙に、ここに来たいきさつを簡単に記して入口のドアに挟む。そして二人は家に帰った。次の日、田村セッちゃんから驚きの電話がかかってきたのは言うまでもない。

それからかなり長い間、桃代はセッちゃんのお世話になっていた。やがて桃代は、セッちゃんに看取られてあの世に行った。

和田誠

ネコの時間割／かわいいのに撮れない

岩合光昭

ネコの時間割

ネコが一年中で一番、外を歩きまわる季節がある。あっちもこっちも、ネコだらけ。それは、彼らの恋の季節。冬から春にかけてだ。初夏にも繁殖期があるがメインイベントはこちら。暖かい日は、出会いを求めてオスもメスも一日中動く。ネコが動くということは、撮影をする人間にとってもネコとたやすく出会える季節である。出会いを求めて忙しいネコたちは、ヒトなんかにかまっていられない。

ヒトよりもネコ、ネコ、ネコ。ネコは、年に一度の大イベントに大忙しである。気持ちがそちらに集中している分、チャンスがある。この時期だけは、多少の失礼にも目をつぶってくれる。「人間を観察しているどころじゃないのよ」とでも言っているのだろうか。ある意味ガードが緩くなり、絶好のシャッターチャンスがめぐってくることが多い。

ネコには季節感があるだけではない。時間にも正確だ。ちゃんと、ウィークデーとウィークエンドがわかっている。ネコと仲良くしているヒトが土曜日、日曜日が休日であまり動かない場合は、ネコも動かない。逆にネコのことを嫌いなヒトが、土日が休日でネコのテリトリー近くにいる場合は、その時だけ違うところへ行ってしまう。これが漁港であれば、船が何時に帰ってくるのかをネコたちは誰よりも知っている。

以前、ネコがたくさん集まると聞きつけて訪ねた漁港に、1匹もネコの姿がないことがあった。港も閑散としている。ガセネタをつかんでしまったのかと肩を落としていたら、漁から船が戻ってくるのは、明日の朝だと知らされた。翌朝、気を取り直して漁港に向かうと、そこには、いるわいるわネコたちの姿が。15匹は集まって、遠くの海から船が戻るのを待ちわびていた。

かわいいのに撮れない

一緒に暮らしているネコがかわいいのに、その姿が撮れないという悩みをお持ちの方が大半だ。そういう方は、自分の家のネコのかわいさはこうだ！　と思い込んでいる場合が多い。思いすぎているとでも言おうか。

ネコとつき合っていると、たまに、ネコの考え方が石頭だなと思うときがある。何でこんなに石頭で頑固なんだろう、と。こんなふうに感じるときに限って、写真を撮るこちら側もネコに対して石頭になっている。だからこそ、ネコとつき合っていくには常に頭を柔らかくしておかないと、ネコとはとてもやっていけない。

これがイヌだったら、こちら側が石頭でも関係はなりたつだろう。ご主人様の一挙一動をしっかり見て、気に入られようとするのがイヌの習性だから。だがネコは違う。「待て」と言って、止まるネコは少ない。むしろ、よけいに動き出すのがネコ。そこがいいのだ。「なかなか止まってくれないからだめだ」とこちらの考え方をそこでシャットアウトしてしまうから、写真が撮れなくなってしまうのだと思う。頭の切り替え、ぜひ行ってほしい。「近づきすぎて撮れないんです」。なんて贅沢な悩みだろう。恐らく、レンズの最短焦点距離よりも近くにきてしまうということだろう。

このような悩みを訴える方も大勢いらっしゃるが、近づいてくれるだけでもありがたい、そう思っていなくちゃいけないというのは僕の勝手な言い分だろうか。

岩合光昭

岩合光昭

猫の犬

出久根達郎

　知人のFさんは、マンションの一階に住んでいる。引っ越し魔だが、決まって一階を選ぶのは、Fさんが高所恐怖症だからであった。子供が無いせいで、気ままな生活である。

　そのFさんに、子供ができたというのだ。五十代の夫婦である。養子縁組をしたのだろうと思い、お祝いに早速駈けつけた。

　ところが、「はい、ただいま」と奥さんが答えたのに、一向に玄関ドアが開かない。何だかバタバタと片づけ事をしている様子である。私は約束の時間通りに伺ったのだが、予期せぬ取り込みでもあったのか。

　ようやく、請《しよう》じられた。一体どうしたのかと見ると、Fさんが大きな猫を抱いているのである。白いチンチラであった。いやがって、もがいている。Fさんがはなすまいとする。もしかしたら、できた子供というのはこの猫か、と思ったら、案の定だった。

夫人が退職して、家事に専念することになった。勤めている時は感じなかったが、日中一人で家に居ると何だか寂しい。

そんな時、知り合いが海外に転勤になり、飼っている猫の身の振りに悩んでいた。事情があって連れて行けない。年を食っているため、引き取り手が無い。

聞き捨てにできなかった。Fさん夫婦は、子供がわりに飼うことに決めた。マンションの管理規程で禁じられているのだが、秘密に飼えばよかろう。さいわい、八歳のチンチラは、めったに鳴かない。鳴いても細い声である。

ところが、予想もしない癖があった。閉所恐怖症である。マンションの狭い部屋をいやがって、戸外に出ようとする。玄関ドアを開けようものなら、音を聞きつけて、脱兎《だっと》の如く走ってくる。宅配便さんが開けた時、あやうく飛び出すところだった。元の飼い主は広大な庭付き一戸建てに住んでいた。庭を散策するのが日課だったのである。

「最近はこの子も心得ていましてね。インターホンが鳴ると、どこかへ隠れてしまうんです」

夫人がこぼした。

「いないから幸いと、ドアを開けますとね、とんでもない。すぐそこに来ていて、さっと……」

「いやぁ、肝をひやしたことがもう数回」と、Fさんがあいづちを打った。Fさんの「子ども」は、何を話してるんだ？　という顔で、私を見ている。きつい容貌の男の子である。

それから一カ月ほどして、Fさんから電話があった。

「お子さまはお元気？」と聞くと、例の癖はやまない。仕方がないので、夜、首に綱をつけて散歩に連れて歩くようになったと言う。夫婦で近くの公園を回るという。

「散歩を？　いやがるでしょう」

「それが逆。喜んで、時間がくるとせがむんです。綱をくわえてきて、さあ行こうって。散歩してますとね、道行く人がびっくりして、これ犬ですかって」Fさんが笑った。

「あんまり聞かれるからこちらも、犬ですよって、洒落で答えるんです。相手が、まるで猫みたいな犬だって目を丸くしますとね、うちの子が太いしっぽを持ち上げて、ぷるぷると振るんです。犬のように」

後日、Fさんご夫婦をお訪ねした折り、また散歩の話になった。

「一番びっくりなさるのは、通行人より、犬ですよ」と夫人。

「犬？」

「ええ。散歩途中の犬。すれ違う時、こちらは恐いから、さっとうちの子を抱き上げてしまうんですが、するとね、犬がこんな風に目を丸くして、実に不思議そうに見るんです」

「妙な仲間がいるものだ、と思うんでしょうね」Fさんが笑った。

「うちの子と仲よしになった近所の幼稚園児が、お友だちに説明しているんです」夫人が別の話をした。

「これ、猫の犬だよって。すると、お友だちがね、こう言うの」

夫人が、園児の口真似をした。

「ふーん。猫の犬って、ボク、生まれて初めて見た」

私たちは、笑いくずれた。

Ⅱ 猫ほど見惚れるものはない

向田邦子と猫のマミオ

マハシャイ・マミオ殿

向田邦子

偏食・好色・内弁慶・小心・テレ屋・甘ったれ・新しもの好き・体裁屋・嘘つき・凝り性・怠け者・女房自慢・癇癪《かんしゃく》持ち・自信過剰・健忘症・医者嫌い・風呂嫌い・尊大・気まぐれ・オッチョコチョイ……。

きりがないからやめますが、貴男はまことに男の中の男であります。

私はそこに惚れているのです。

猫の辞典

寺山修司

長靴をはいた猫は
王さまと友だちになったけど
長靴をはけない猫は
だれと
友だちになったらいいのだろう

猫…………ヒゲのある女の子

猫…………闇夜の宝石詐欺師

猫…………謎ときしない名探偵

猫…………この世で一ばん小さな月を二つ持っている

猫…………青ひげ公の八人目の妻

猫…………財産のない快楽主義者

猫…………毛深い怠け娼婦

猫…………このスパイは　よく舐める

寺山修司

黒猫が来た

尾辻克彦

黒船が来た。遠くの方でドカン、ドカンと大砲を撃っている。実弾ではなくて空砲だけど、玄関を開けろと迫っているのだ。

私は部屋の中でじっとしていた。どうしようか。やっぱり玄関を開けるべきだろうか。でも玄関を開けたら最後、黒船が家の中まで乗り込んで来て、この家は黒船に占領されてしまうのだ。

外でまたドカン、ドカンと大砲の音がする。ガラス窓がビリビリと震えている。私の腕には鳥肌が立っている。

私は仕方なく立って行って、玄関を少し開けてみた。玄関の外は海になっていて、やっぱり沖の方に黒船が停泊している。見ているとその黒船の先の方からフッと煙が吹き出して、また、

「ドカン！」

と大砲の音が響いてくる。私はポケットの中で白いハンカチを握りしめた。これを出してヒラヒラ振ると、私は降伏したことになり、黒船からは青い目をした黒船人が、海の上をピチャピチャとやって来る。

私は玄関にジーっと立っていた。やはり降伏しないといけないのだろうか。だけどちょっとおかしい。沖に停泊しているのは黒いことは黒いけれど、もっとジーっとよく見ると、黒船ではなくて黒猫なのだ。海だと思ったのも、雨上りの空地にできた水溜りで、玄関の前にはいつもと変らぬ小石まじりの半端な空地がひろがっている。そこに黒猫がしゃがみ込んで、

「ニャーゴ、ニャーゴ」

と鳴いている。何だ、黒猫だった。でもやっぱりこれ、青い目をしている。外人みたいだ。ニャーゴといっても、何をしゃべっているのかぜんぜんわからない。それが玄関の前にしゃがみ込んで、やっぱり中に入れろと迫っているのだ。さっきから、

「ニャーゴ……、ニャーゴ……」

という鳴き声を、何度も何度も繰返している。ところがこれが申し訳ないことに、猫の鳴声ではなくて電話のベルの音だった。黒猫と思ったのが、黒い電話の受話器なのだ。いや本当に申し訳ない。最初からそう書けばよかったのだけど、最初はもう眠くて眠くて、まさかそうとは気がつかなかったのだ。仕事、仕事と思って真面目に机に向かっていたのに、やはりちょっ

と寝不足なんですね、うとうとと眠り込んでいた。で私は眠い目をこすりながら受話器を取った。

「はーい……もしもォし……」

「あ、何だ、いたんですか。いや留守かと思って切りかけたんだけど……」

佐臼君だった。この人は同じ仕事仲間のイラストレーターで、最近結婚をした。でもそれを最初に聞いたときは驚いた。「え！　あの人が？」と、まるで人殺しでもしてしまったみたいに驚いた。だってこの人はのんびりしているというか、のほほんとしているというか、結婚なんて一生しないだろうと思っていたのだ。それがやっぱり結婚をした。人間なんて、まあだいたいはふつうに出来ている。

「あのう、乙さんは猫……、きらいでしたよね」

乙さんというのは私のアダ名だ。名前を縮められたというよりも、これにはむしろ二番目という意味があるようだ。私はピンポンでも俳句でも何でもけっこうやるんだけど、いつも一番ではなく二番目。仕事でも絵と文章の二足のわらじ。生活でも父子家庭を経て二番目の結婚。しかし二というのもなかなかいいものだと思うけど、あ、自分で言うのはおかしいか。

「え、何……、猫？」

「うん、いやたしかきらいだとか聞いたみたいだけど、ひょっとしたらと思って」

「いや、別にきらいじゃないけど、経験がないんだよ、猫の。でも可愛いと思うよ、見てると」

「あ、そう？」

「うん……」

うんのあと二秒ほど沈黙がつづいた。その沈黙が何かちょっと後ろめたい気がして、私はすぐつぎの質問をしてしまった。

「何……、猫くれるの？」

言ってしまってから、ちょっと言いすぎたかなと思っていたら、

「あ、欲しい？」

と言われてしまった。あとは向こうの説明がつづく。

「いやね、西船橋の分譲団地に引越したんだけど、一階でね、テラスの外に芝生があるの。そこに野良猫がいついてるんだよ。いや野良猫と思っていたら、それがこの部屋に前いた人が置いてっちゃったらしいんだね。だから妙に人なつっこい。俺も猫なんて経験ないけどさ、見てると面白いの。それが子供産んじゃってさ、四匹。全部真っ黒。何か、真っ黒い毛糸の玉が四つ転がってるみたいだよ。それが跳ねてるの。おかしいね猫って。あげるよ、一匹。ホント。いやホント。欲しいんだったら」

とにかくそんな電話のやりとりがあったのだ。電話を切って、そうか、猫か、あいつもやっぱり結婚してちょっと変ったのかな、なんて思っていたら、やっぱり女だね、うちの桃子に質問された。

「佐臼さんが何だって……」

「うん、何だか、何となく忙しそうだよ」

「何あの、猫を飼ってるの？」

やっぱりこれ、女の直感というやつである。

「うん、飼ってるっていうか、いるらしいね」

「仔猫がいるんだって？」

「うーん、何だか、何匹か、いるってよ」

「くれるの？」

「うーん、何だかね、欲しいんだったら、とか、何か偉そうなこといってたよ」

「うわ、欲しいんだったらくれるの？」

桃子は目を輝かしている。目を輝かして、希望に満ちた顔をしている。輝ける女の希望である。いや、馬鹿にしているのではなくて、まあこれは仕方がないのだろうな。

「でもうちは飼えないもんね……、あなた猫はきらいなんでしょ」

桃子の輝きは薄れてしまった。私は皮膚が敏感なせいか、ちょっと警戒的にすぎるというか、動物にはなじみにくい。いままでに飼った経験がないということもあるのだけど、桃子はそれを察して、ここでは猫なんて飼えないとあきらめているようだ。だけど私はそういうふうにきめつけられるのもいやなので、

「いや、別にきらいなわけじゃないよ」

と言ってしまった。

「え、じゃ飼ってもいいの？」

桃子はまた輝いてきた。皮膚に希望がひろがってきて、パッと桃色になってくる。

「うん……、別にあの……」

「うわ、本当に、いいのね。本当に……」

もう決ったようだ。あっという間に決められてしまった。でもまあ何とかなるだろうと思った。だってその猫を見る前からもうその猫の魔法にかかってしまっているんだから、これはどうにもしようがない。男でも猫の好きなのはいるだろうけど、これほどのことはないのではないか。女の場合は、少しでも隙があれば魔法にかかってやろうと、自分の方から待ち構えているようなのだ。だからこれ、猫の方からすれば簡単なことである。何もしなくてもただそこに「いる」というだけで相手が勝手に魔法にかかってくれるのだから、（いやあ、こんなのは別に、

魔法なんてものじゃなくて……）と猫の方がケンソンしているかもしれない。

「ただいま！」

と言ってチチヤスが学校から帰って来た。二年生まではよくゼンソクで学校を休んでいたけど、三年生になってからはまだ一度も休んでいない。去年桃子がお母さんになってからは、だいぶ鍛えられたのだ。いっしょにいるおばあちゃんのトヨ子がつい厚着させようとするのを、ピシャリと薄着に押さえてしまった。少しくらいゼイゼイと咳が出ても、それはゼンソクでもなんでもないというふうにしてしまった。そうしたら本当にゼンソクでも何でもなくなったのだ。

チチヤスは赤いランドセルを勉強机にポンと置くと、

「ピーちゃん、ピー、ピー……」

とさっそく文鳥の籠に行って指を差し出している。トヨ子が弟のところからもらって来た文鳥にはピー子という名前をつけたのだ。文鳥というのはどうしてもそういう名前になってしまう。

「チチヤス」

桃子が声をかけた。

「あのね、うち、猫もらうんだよ」

桃子はさっきから皮膚が桃色になったままである。

「え！　ホント？　猫飼うの？」

チチヤスの皮膚もポッと桃色になってしまった。

「うん、佐臼さんのところでね、四匹産れたから一匹くれるんだって」

「うわァ、四匹も」

「そうだよ、猫はふつう子供産むときは四匹くらい産むんだよ」

「可愛いだろうね」

「可愛いよォ」

「うわァ、見たい、見たい！」

チチヤスも魔法にかかった。これでもう二人出来上りである。だけどチチヤスは笑顔がちょっと宙に浮きながら、さァ大変という気持になっている。いよいよ冒険がはじまるのだ。三歳のころ猫を恐がって以来、猫とは交際が途絶えている。道端で見たりして可愛い可愛いと思いながら、まだずーっと触れないでいる。

「だけどピー子は大丈夫かな」

チチヤスが鳥籠の方を見て心配をはじめた。

「うーん、猫は鳥を狙うからねえ……」

トヨ子も編物をしながら、思案顔でこちらを見ている。

「大丈夫よ、何もしないわよ。ほら、アヤちゃんの家だって文鳥と猫といっしょに飼ってるじゃないの」

「あ、そうだね」

「そうよ。ちゃんと最初から教えればね、鳥籠をじーっと面白そうには見上げているけど、ぜったい襲ったりしないわよ」

「そうだよね」

「猫は賢いもん」

「賢いよね」

チチヤスは一所懸命確認をしている。文鳥のことを心配しながら、じつは自分のことが心配なのだ。だけどそれを文鳥にかこつけて、大丈夫だ、大丈夫だと再確認している。

「籠を高ーくして、天井のへんにつるしておけば大丈夫よね」

トヨ子が編物をしながら、これも自分なりに同調しようとしている。

「うーん、でもそんなにしなくて大丈夫よ。狙っている目をしたときにね、何回もきつく叱るんだって。何回も教え込めばね、もうあきらめて狙わなくなるらしいわよ」

桃子はもう皮膚から桃色が引いていきそうにない。やはり女と猫の関係というのは凄いもんだ。チチヤスの方も、宙に浮いた笑顔がそのままふくらんでいる。

「どんな猫かな」

「あのね、黒いんだってよ。お父さんに聞いたの」

「うわ、お父さん見たの？」

チチヤスのふくらみがこっちを向いた。

「いや、さっきね、電話で聞いただけだよ」

私はわざと落着いて言った。

「四匹とも真っ黒でね、真っ黒い毛糸の玉が四つ転がっているみたいなんだって」

二人は顔を見合わせている。

「あ可愛いィンねェ」

「う可愛いィンねェ」

二人とも声を揃えて言っている。まだ見たこともないのに可愛いと言っている。こういうのは何というのだろうか。見もしないものを可愛いなんて、それはリアリズムではなくて、何というか、観念的ではないか。

「名前何がいいかなァ……」

「名前何がいいかなァ……」

「何か可愛い名前がいいわよね」

「うん、可愛い名前がいいよね」

「クリなんてどうかな」

「あ、クリっていいね」

「コロもいいな」

「あ、コロもいいな」

二人が同じことを言っている。一人が言うともう一人が繰返す。一人に一つずつ口があるのに、これでは何のために二人いるのかわからない。

「お父さん、何か名前考えてよ」

チチヤスがまたこちらを向いた。

「何か可愛い名前考えてよ」

桃子もこちらを向いた。しかしそういわれても、まだ見てもいないのに名前なんて考えられない。私はリアリストなのだぞ。

「うーん……」

私は仕方がないという顔をした。とうとう黒船がやって来るのだ。いや、黒船ではなくて黒猫だった。ははは……。頭の中でさっきの夢が混じってしまった。玄関の前の黒船が、ドカン、ドカンと大砲を撃って、むかし黒船に乗っていたのは、あれはたしか、ペリー提督……。

「あ、ペリーなんて、どうかな」

私は思わず声をもらした。海軍の黒い軍服を着たペリー提督の肖像画が頭に浮かぶ。あはは……、これ何だか面白い。

「ペリーね」

「ペリー……」

「そうね、ペリーって可愛いね」

「うん、ペリーって何か可愛いね」

向こうでまた二人の口が連動してしゃべっている。要するに可愛いければ、あとは何でもいいようである。

「ペリーにしよう」

「うん、ペリーにしよう」

また連動しながら、小さい方がこちらを向いた。

「お父さん、ペリーっていいよ。でもこれ、どんな意味なの?」

「いや意味って、別にないけど、何か黒猫みたいな感じしない?」

「そうだね、黒猫だもんね」

「可愛いでしょ、この名前」

「うーん凄ーく可愛い」

私もだいたい話のコツを覚えてきた。要するに「可愛い」というのを前置詞みたいに使えばいいのだ。結局今度の日曜日にもらいに行こうということになり、連動人間がキャッキャと言っている。それを耳にしながら、トヨ子は窓際でもくもくと編物をしている。

＊

日曜日になった。私は連動人間と三人で電車に乗った。桃子は仔猫を入れるための黄色い籠を膝の上に載せている。動物用ではないが、ピクニック用のバスケットを近くのスーパーで安く買ったのだ。桃子はその籠の蓋をときどき開けてみては、

「あ、可愛いゝ……」

とのぞき込んで、それからチチヤスの顔を見てニヤッと笑っている。チチヤスもその次に蓋を開けて、

「あ、可愛いゝ……」

と言い、それから桃子の顔を見てニヤッと笑っている。まだ行き道だから、籠の中には何も

はいっていないのだ。だけど二人とももうその中に小さいのがいるつもりになって、その真似をして、練習している。これはもう現実をはるかに越えて、物凄く観念的だ。ほかの人には意味がぜんぜんわからない。そんなことをしながら、二人ともときどきこちらを見てニッと笑う。私はそれを横目で受けて、フン、と笑った。

西船橋の駅で降りて、佐臼君の団地に着いた。入口に、

「南一郎」

と表札がある。南が本名で佐臼はペンネームである。南を英語でいうと佐臼……。イキな真似をする。ドアが開いた。

「うわ、お揃いで……。まあどーぞ」

佐臼君だ。

「あら、いらっしゃーい」

天子さんも顔を出した。奥さんだ。

「あら、チチヤスちゃんもね、うわァ、大きくなったわねェ」

チチヤスも前に何度か会ったことがある。

「どーぞ、こちら……。ちょうどいまオッパイ飲んだとこでね、もうコロコロ暴れて大変なのよ」

廊下を行ってドアを開けると、ガラス戸が開いてテラスの向こうの芝生が見えている。部屋にはモスグリーンの絨毯が敷いてあって、例の黒い毛糸の玉が四つ転がっている。それが本当に黒い毛糸みたいで、だけどそれがピョンピョンと動いている。

「うわッ〳〵可愛いッ〳〵」

早速二つの声が連動して湧き起こった。この場合は観念的な上にさらにリアリズムも加わっているので、やはりもう何というか、どうしようもない感じだ。毛糸の玉はそんなことにお構いなしに、ピョンピョンと跳ね回っている。

「お母さん、どれがいい?」

「うん、あれもいいね」

「でも、これも可愛いッねえッ」

「うーん、みんな可愛いッ」

このうちのどれか一つもらえるというわけで、たぶん天国にでも来た気持なのだろう。そのうちいつの間にか桃子の膝の上で眠ってしまったのが一ついて、それをもらうことになった。

「やっぱりこれがいいね」

「うんそうだよね。ペリーちゃん」

「ペリーちゃん」

「うわあ、もう名前まであるのね」

天子さんが笑っている。

さてもうじき帰るからと家に電話してみると、電話の向こうでトヨ子がおろおろしている。縁側に出していた文鳥のピー子が、どこかの猫にやられたのだという。

「……いやわたしがいけないの、こっちの部屋でテレビつけて、徹子の部屋を見ていて、ガタンて音したからヒョッと見たら、籠が落ちていて……、ホントに可哀そうに……」

慌てて飛んで行くと、茶色い猫の背中がさっと消えて、籠が空っぽになっていたという。

私はそっと電話を切った。しばらく考えてから、またみんなのいる部屋に戻ったのだけど、黙っていた。このますぐには話せない。桃子もチチヤスも、何も知らずに黒い仔猫にじゃれている。困ってしまった。これはたしかに可愛いし、向こうはたしかに悲しいことなのだ。運命とはいいながら、この二つの関係に複雑な気持になってしまった。向こうでトヨ子が沈んでいる。でもその猫がペリーでなかったのが、せめてもの慰めである。まあ帰り道、電車を降りてからでもそっと話そうと思った。

猫と小説家と人間

開高健

今年になってから私は家のなかにとじこもったきりで暮している。小説家仲間の誰彼と会うこともせず、酒場にもいかない。自分が創作にふけっているときは心が病んで衰えているので他人の創作を読むと影響をうけやすく、自分を裏切ることになるので、魚や動物の本をもっぱら読むことにしている。机のまえにすわって茫然とタバコをふかしていると体がしびれたような、足に無数の菌糸が生えてざぶとんに接着されてしまったような状態である。

言葉を眺めることに疲れてくると私は猫をさがしにたちあがる。猫ほど見惚れさせるものはないと思う。猫は精妙をきわめたエゴイストで、人の生活と感情の核心へしのびこんでのうのうと昼寝するが、ときたまうっすらとあける眼はぜったいに妥協していないことを語っている。媚びながらけっして忠誠を誓わず服従しながら独立している。気ままに人の愛情をほしいだけ盗み、味わいおわるとプイとそっぽ向いてふりかえりもしない。爪のさきまで野性である。これだけ飼いならされながらこれだけ野獣でありつづけている動物はちょっと類がない。

モスクワへいったとき、或る日、猫好きのリヴォーヴァさんと雑談していて、ふと私は、猫を見ていたら女を見る必要がいらないといった。リヴォーヴァさんは怒って、ニラむ真似をしたが、これは真実だと思う。一匹の猫のしぐさを精細に描いて、それを、「タマ」とか、「プッシー」とかになっている箇所を「ナオミ」、または「夏子」などと書きなおしてだしたら、そのままで女のことを書いた文章として通用するだろうと思うのである。けれど、たとえば、「夏子は眠りからさめると優雅に傲ったそぶりでアクビを一つしてからお尻をくまなく舐め、化粧くずれをなおしはじめた」などというのではいけないから、別種の注意を払うこととする。

西洋でも東洋でも猫を魔物あつかいにしたのはついに人間が征服できないものなのだと知らされたからで、妖怪譚は知性の産物である。ボードレールも、ポーも、『不思議の国のアリス』の作者も、すべて知性家であった。詩人、小説家、音楽家で猫を愛する人が多いのは、猫のあたえてくれる孤立の精妙さのためで、それによって現世で傷ついた自分の誇りや自負の、理想的な実現を、ふと読まされるからではないか。女にもどこか不屈の「自然」のようなものがあって、しばしば男を狼狽させたり、おびえさせたりするのである。女は砕けるということを知らないようだ。

さて、荒涼とした私はしばらく猫とたわむれ、侮蔑されたり、媚びられたりするままになってから、傷つくことなく人間の孤立や叛逆のぶざまさのことを考え、血を流してたたかう男女、わが小説の登場人物たちのところへもどってゆく。そして傷つくのである。

開高健

青猫

萩原朔太郎

この美しい都会を愛するのはよいことだ
この美しい都会の建築を愛するのはよいことだ
すべてのやさしい女性をもとめるために
すべての高貴な生活をもとめるために
この都にきて賑《にぎ》やかな街路を通るのはよいことだ
街路にそうて立つ桜の並木
そこにも無数の雀がさへづつてゐるではないか。

ああ　このおほきな都会の夜にねむれるものは
ただ一疋の青い猫のかげだ

かなしい人類の歴史を語る猫のかげだ
われの求めてやまざる幸福の青い影だ。
いかならん影をもとめて
みぞれふる日にもわれは東京を恋しと思ひしに
そこの裏町の壁にさむくもたれてゐる
このひとのごとき乞食はなにの夢を夢みて居るのか。

萩原朔太郎

わが思い出の猫猫

伊丹十三

「どうして猫が好きなの？」

と、いわれても、それは困る。

私が猫を好きなのは、なにか理由があってその結果好きだというのではない。理由などあれこれ考えるより以前に、すでに好きだという事実が厳存しているのであって、いわば好きだから好きだ、とでもいうよりしようがなかろう。

そもそも、

「どうして猫が好きなの？」

というい方は失礼ではないか。こういう質問はたいがい若い女の口から発せられるようである。若い女の、まず三人に一人くらいが、私の部屋へはいってくるなりいう。

「ア、イヤダァ、猫がいる、猫がいるわァ。あたし猫ってだめなのよ、猫、弱いのよ、あたし。

ウワァ気持ち悪い」

私はこの時、密《ひそ》かにこの女の名を自分の心に刻みつける。おそらく、この女も将来結婚するだろう。結婚して、子供を作るだろう。そこへ乗り込んでいって言ってやる。

「ア、イヤダナァ、赤んぼがいるゥ、赤んぼがいるじゃないのォ。おれ赤んぼってだめなんだよ。赤んぼ、弱いんだよ、おれ。ウワァ気持ち悪い」

お前さんのしてることは、これと同じことじゃないか。犬にせよ猫にせよ小鳥にせよ、その家で飼われてるっていうことは、その家の人人にとってみれば、家族の一員ということなのだ。

「イヤダァ、猫がいる、ウワァ気持ち悪い」

とは一体どういう神経であるのか。(なあに、どういう神経もこうもありはしない。無神経、というのだ、こういうのを)

「どうして猫が好きなの?」

といういい方が失礼だといったのは、この質問が、右のような場面のすぐあとで発せられるからに他ならぬ。

なんのことはない。

「どうして猫なんかが好きなの?」

「猫なんてもの、一体どこがいいのよ」

ということではないか。

心の底からムッツリしている私に、若い女は続けて浴びせかける。

「あたし、犬は好きなんだけどな。うちにも一匹いるのよ。ペロっていう名前なの、あたしがつけたの、すごォく可愛《かわい》いんだから——ネ、このうち犬はいないの？　猫なんかやめて犬飼いなさいよ、可愛いわよォ犬は——ネ、どうして犬飼わないの、ネ、ネ、どうして？」

一体全体どうして犬好きの人間というのは猫と犬とを較《くら》べたがるのだろう。なぜ猫好きをして犬好きに転向させようとしたがるのだろう。

猫好きの人間が犬好きの人間に向かって、「あなた犬はおよしになったほうがいい。やはり猫になさることだ」

などという話は聞いたこともない。猫好きというのは、この種のお切匙《せっかい》とは無縁である。やはり、犬と猫との間にみられるように、相当な性格上の相違が存在するのではなかろうか。動物は飼い主に似るというが、おそらく、飼い主のほうでも、その飼っている動物に似るということがあるのではないかしらん。

犬と猫とを比較したりするのは、猫好きとして本意ではないのだが、行き掛り上、もう少しここのところを調べてみる必要があるような気がしてきた。

試みに猫が好きで犬が嫌いな男と、犬が好きで猫が嫌いな女を口論させてみようか。（ついでにいうなら、私は別に犬嫌いではない。犬は何度も飼ったことがあるが、可愛いものだと思う。ただ、私の犬に対する愛情と、猫に対する愛情を比較するなら、やはりそこに大きな隔りがあるのを否定できぬのである。すなわち「犬のいない人生は考えられるが、猫のいない人生は考えられない」のです）

「猫っていやあね、なんだか陰険で」

「ほう、猫が陰険？　猫の一体どこが陰険なのかね」

「だって猫ってなに考えてるかわからないみたいじゃない。犬だったら嬉《うれ》しい時には尻尾《しっぽ》振ってとんでくるわよ。態度がはっきりしてるじゃない」

「そりゃあ君が猫が嫌いだからじゃないのかね。猫っていうのはね、すごく警戒心が強い。ま、小さい動物はみんなそうだけどね。だから、猫が嫌いっていう人はなにか素振りでわかるらしいんだよね、そういうことにはすごく敏感なんだな。だから、嫌いな人には、なにされるかわからないから、注意して近づかない。それが陰険に見えるんじゃないのかな。第一ね、猫がなに考えてるかわかんないっていうのは、君が猫を知らないからでね、ぼくなんか猫の考えてることは実によくわかる。機嫌のいい時は、本当に機嫌のよさそうな顔するもんだよ、猫ってのは。むしろぼくなんか、犬みたいに誰彼なしに尻尾振ってお愛想笑いしてるみたいなほうがよほどいやだね。あれは実に卑屈だ」

「あら、それだけ犬のほうが天真爛漫《てんしんらんまん》で無邪気なのよ。折角気に入られようと思って一生懸命尻尾振ってるのを卑屈なんていうのは、つまりあなたの心が捩《ね》じくれてるからよ。男ならもっと心を広く素直に持つべきだと思うわ」

「心を広く持って、人の顔色を見るのかね？　そしてだれにでも尻尾振るのかね？　ごめんだね、そんなの」

「だれにでも尻尾振ると限んないわよ」

「大体そうだよ、犬ってのは」

「でもうちの犬は違うわよ。うちの犬は主人が危害加えられてると思ったら、どんなに好きな人にでもとびかかっていくわよ。按摩《あんま》さんがあたしの肩叩《たた》いたら按摩さんにとびかかっていったくらいですもんね」

「つまり、そりゃ頭が悪いんだよ」

「頭悪くないわよ。うちの犬なんか喧嘩《けんか》の仲裁までするわ。こないだなんかもママが大きな声で下の妹を怒鳴ったのよね。そうしたらうちの犬が間に割ってはいって、妹のほうには顔を見上げて尻尾振るし、ママのほうには、まあまあそうおっしゃらずにっていう感じで、前脚あげてママを押してるの、あたしおかしくなっちゃった。一生懸命仲裁してるつもりなんですもんね」

「だから犬はいやなんだよ。おれはそんな工合にべたべたと感傷的なつきあいしたくないんだよ」

「あなたは冷たいのよ」

「冷たくてもなんでもいいけど、ともかく犬はいやだ。夏の盛りに人前で交尾したり、横目で人の顔色見たり、あ、それからあれもいやだなあ。犬ってのはさ、爪《つめ》が引っ込まないじゃないの。だから夜、アスファルトの道なんかでさ、犬は爪の音立てて走ってるもんね。どうも犬ってのは下等だね。浅間しい感じだね」

「なにいってんのよ。そんなら猫はどうなのよ。猫なんて人を利用して生きてる我利我利のエゴイストじゃないの。自分さえよけりゃ人はどうでもいいのよ。冷たくて陰険で、あなたと同じよ。犬のほうがよっぽど高級よ」

「犬なんてのはさ、一番偉くなってせいぜい狼《おおかみ》だろ。猫の偉いのは豹《ひょう》、虎《とら》、ライオンだからねえ、まるで格が違う」

「そんなことなんの関係があるのよ。猫はライオンじゃないじゃないの」

「そう。猫はライオンじゃないかも知れん。でもね、動物園行って見てごらん。ライオンは確実に猫だよ」

さて、犬と猫の一番大きな違いはなんであるか。私の考えでは、犬というのは、あれは人間の家来である。忠実な家来、あるいは信頼すべき召使い、愛くるしい奴隷《どれい》、愛すべき道化、そのところはなんと呼んでもいいのだが、とにかく、あれは飼っている人間を主人と仰ぐところの、つまり家来である。

家来である、と私が一方的にきめつけてるわけじゃない。私のほうでは犬を家来にしなくたって一向に構わないのだが、犬のほうが進んで家来になってしまうのだからしようがない。実に犬が主人に向かってすることなすこと、「家来的」演技に満ち満ちているではないか。

ちょっと出かける素振りでも見せようものなら、たちまちとんできて、

「あ、社長、お出かけでございますね。私めになにか御用は？」

と、まあ言葉でいうならそういう顔付きをして人の顔を見上げるようなことをする。もちろん、その時、目に「憧《あこが》れの表情」みたいなものを一杯湛《たた》えてみせるのを忘れない。

ともかく反応が大袈裟《おおげさ》すぎるよ、犬というのは。ちょっと声をかけたり、撫《な》でてやったりしたくらいのことに、なにもいちいち感激してみせることはないんじゃないかと思うのだが、犬は、いかなる場合にも、忠実な家来という自分の役割りを忘れることはないのだね。

「ああ、なんていう素敵な御主人だろう！　実にいい御主人だなあ！　そうして、僕はなんて幸せな仔犬《こいぬ》なんだろう！」

　こういうことを面と向かっていうからいやになってしまう。いや、人間の言葉にこそなっていないが、そこはそれ、犬語で、つまり態度で示されてしまうからいやになってしまう。

「おまえ、よしなさい、そういうことを面と向かっていうのは。みっともないよ、おべんちゃら使って。第一お前は仔犬なんかじゃないじゃないか。なんだ、孫まである癖に。幸せな仔犬みたいな芝居するのよせ。甘ったれるな」

　こういう工合に叱《しか》ってみても、

「あ、さすが御主人だ。おっしゃることが違うなあ。さすが鋭くていらっしゃる。いやあ、まいった、まいった」

　というようなことを犬語でわめきちらして、更に目を輝かせて人の反応を伺い、反応が不足とみるや、ペロリと人の足を嘗《な》めてみたりするから始末が悪い。実に、犬は人間の家来なのであります。

　さて、それでは猫はどうか。猫は人間の家来であるかというに、いやあ、そんなことはないのだな。

猫は人間と対等である。

少くとも、猫自身は、自分が人間と対等であると思ってるふしがある。猫も犬と同様、なかなか芝居することが好きである。ただ——猫の場合、演技のウェイトが、あくまで自分が人間の家来ではない、ということを誇示することにかかってくるのであります。

たとえば私が猫と遊ぼうと思って、猫を呼ぶ。もちろん、ただ呼んだのでは来ないことはわかってるから、煙草《たばこ》の箱を包んでいるセロファン、ああいうカシャカシャと音のするものが猫にとっては非常に興味深いらしいので、ああいうものを、音を立てて丸めながら猫を呼んでみる。

すると猫はどうするか。セロファンの音が聞こえているのは、耳が忽《たちま》ちこちらを向くからすぐにわかる。聞こえるから来るか、というと、これはまず絶対に来ない。

セロファンを丸める音が愉《たの》し気だ。愉し気だからすぐにとんで行く、というようなストレイトな反応を、猫は決してとらないのである。

ストレイトに反応するのが嫌いなのではない。そういうふうに、幼稚なトリックで、単純に操られるような存在だと思われるのが業腹《ごうはら》なのである。沽券《こけん》にかかわるらしいのである。

そこで猫はどうするか。猫はここで一芝居打って見せるのですね。なんとも阿呆《あほ》らしい、見えすいた田舎芝居を打って見せる。

たとえば、私が猫を呼ぶ。セロファンなど愉し気に丸めながら猫を呼ぶと、猫はまず実に軽《けい》蔑《べつ》した顔つきで、ちらと私を一瞥《いちべつ》し——この辺からすでに芝居になるのだが——続いてわざとらしい大欠伸《おおあくび》をして、次に顔など洗い始める。

しかし私の方でも、それが田舎芝居だということを重重承知しているから、更に愉し気な音を立ててセロファンを丸めたり、丸めたセロファンをその辺に転がして、さも面白そうにそれで遊んだりしてみせる。

すると、やがて猫は耐えかねて——ここからが田舎芝居の山場になるわけなのだが——たとえば、突如「オヤ？」という表情で顔を上げる。

これはどういうことかというと、私の坐《すわ》っている後ろの窓に鳥が見えた、という演技なのである。

「オヤ？　窓の向こうの樹《き》に鳥がとまったぞ」

そういう身振りよろしく、暫《しばら》く私の後ろの窓を凝視している——と見るまもなく、つつつつ、と走り出して窓の側《そば》へかけよるのである。

当然、この時、私や、床に転がっているセロファンの近くを通るのだが、そんなものには目もくれない。一直線に窓際《まどぎわ》まで走り寄って、窓の外の樹を一心にみつめている。

みつめたって鳥なんかいるわけじゃない、これはもともと芝居なんだからね、鳥がいるわけはないのです。いや、鳥なんかいる必要は全然ないのだ。この芝居の狙《ねら》いはもっと後にある。

鳥がいない、ということがはっきりすると、猫はちょっとした思い入れをする。

「どうもおかしい、確かに鳥だと思ったんだけど、逃げちゃったかな。もしかしたら、初めから鳥なんかいなかったのかしらん。だとしたら、すごい勢いで走ってきたりして、ちょっと恥ずかしかったかな」

そういう思い入れをしてから、念のいったことに、軽はずみを恥じるような顔をして窓際から引き揚げる。

そうして、この引き揚げる時に、ほんのついでに近所を通りかかったから、という顔で、私のところへちょっと立ち寄るのである。そうして立ち寄る時に、偶然、たまたま、フト、目についたような顔をして、セロファンの丸めたやつを「発見」する——と、まあ、猫というのは呼ばれて来るだけに、これだけの田舎芝居を打ってみせるのであります。

いや、田舎芝居、などというのは、私がすでに三十年以上も猫を飼っているから、猫の意図を見破って悪口をいってるだけの話で、普通の人だったら完全に騙《だま》されるような迫真にして精密なる演技なのです。第一、まず最初に、鳥を見つけた、というつもりで、オヤ、という顔をするなんて、筋書からして憎いじゃありませんか。

ともかく――例が長くなったが、これだけの凝った芝居を、ただただ、自分が人間に簡単に服従するような、単純幼稚な存在ではない、ということを示すだけのために打ってみせるのです。猫の自尊心というのは怕《おそ》るべきものがあると思う。とても人間の家来などというものではありません。

うろ覚えであるが、たしかジャン・コクトオの言葉にこういうのがあったと思う。

「女は猫と同じだ。呼んだ時には来ず、呼ばない時にやって来る」

私の考えでは、こういう猫型の女というものが、今や絶滅しつつあるように思われる。呼んでも来ない女と、呼ばないのにやって来る女――女がこの二種類に分離してしまって一人でよくその両方を兼ねる猫型の女には絶えて久しく逢《あ》うことがなくなってしまったように思われる。

そうして、逢えないということがわかると、無い物ねだりの悪い癖が出て、なにやら、女はどうしても猫型でなくてはならぬ――突然男に甘えたり、また突如として冷たく無関心な存在に変貌《へんぼう》したりという、恋の駆け引きというか、変幻自在の進退というか、そういうものを無意識のうちに身につけていて、一と度男がその女を恋するや、とことんまで翻弄《ほんろう》されることになってしまう――そういう生まれながらの媚態《びたい》を身につけた女こそが、最上の女である。こういう、なんというか、あどけない悪女のような女に徹底的に引きずりまわされてみたい、という物狂おしい思いに取り憑《つ》かれてしまうのである。

要するに男というものは女に惚《ほ》れられたいのではなく、いや、無論惚れられることもいいのだが、しかし、それにも増して女に惚れたいのである。

しかし、惚れるためには、惚れさしてくれなくてはならぬ。巧みに惚れさしてくれねばならぬ。

女は猫であってもらいたい。男の尺度で推し計れぬものであってもらいたい。ある時は手の届かぬ高みにあって、われわれの心を遣瀬《やるせ》ない憧れで一杯にするかと思うと、まったく思いがけぬ時に突然ひどく近しい親密な存在に変化して、甘やかなインティメイトな時を持つ。そういうものであってもらいたいと思うのだ、恋というものは。

そうして、次の日に逢った時には、もはや昨日のインティメイトな記憶は彼女の心のどこにも見つけることができぬ。彼女はすでにして、捕えることのできぬ天空の高みに翔《かけ》り去って、われわれは再び吐息をつく――

恋というのは、そういうものじゃなかったっけ。近頃のおまえさんのやってることは、あれはなんだ。あんなものは恋でもなんでもありはしない。女を誑《たぶら》かしてるに過ぎんだろう。あんなものは条件反射の一連でしかない。このボタンを押すとこう、このボタンを押すとこう――おまえさんのやってることは全くスポーツ・カーを運転してるのと同じだなあ。

なぜ女たちは猫であることをよしてスポーツ・カーに変貌してしまったのか。

コクトオのいうとおり猫というものは、最良の意味において女と似ている。全く人間を無視した、憎たらしいほどのよそよそしさと、膝《ひざ》に乗っかって喉《のど》を鳴らしたり、人の顔を見上げたり、満足気に尻尾を振ったりする時の甘ったれた愛らしさとを、猫はなんと巧みに使いわけることだろう。

そうして、また、この使いわけのなんという配分の良さ、タイミングの良さ。まったく天衣無縫という他ないのであって、それゆえ、時に女どもが、

「ねえ、あたしとコガネとどっちが可愛い？」

などと訊《たず》ねるのであるが、冗談じゃあない。きみなんかコガネの百分の一も可愛くないのであって、もしもコガネの半分も可愛い女がいたら、私はすべてを投げうって顧みないだろうと思うのである。

実に猫というのは偉いものではないか。あんなに何の役にも立たぬ、いや、純実用的に考えるなら邪魔っけな存在でしかない筈《はず》のものが、おのれの魅力だけで世を渡っている。犬のように人間に媚《こ》びるわけじゃない。なんとも我儘《わがまま》放題に、むしろ、その家の主《あるじ》のような態度で世を渡っているではありませんか。こんなことは私にはとてもできない。

やっと話が本題に戻ってきたが、そういうわけで、猫と人間とはつねに対等にしかつきあえない。犬には、

「自分は犬です。あなたがた人間より劣った種族です。だから、私をあなたの家来にしてください」

という意識がある。猫にはそれがない。

猫の意識において、猫という種族は人間とまったく対等の種族なのである。いや、ことによると、猫は自分を人間であると思っているのかも知れぬ。

そういえば時に猫は、はしゃぎまわる小児のようであり、時に猫は、哲学的な瞑想《めいそう》に耽《ふけ》る老人のようでもある。

ひどく賢《さか》しげに見えるかと思うと、実に暗愚な男みたいな様子で、テレヴィジョンなど眺めていることもあり（「人事部長もＯＫしたカラーシャツ‼」なんぞというコマーシャルを、喰い入るように見ていたりするが、ああいう時の猫というものは実に愚かしく滑稽《こっけい》なものだね）またある時は、招かれざる客という風情《ふぜい》で居心地悪そうだし（遠慮深い親戚《しんせき》という感じでもある）また逆に、気に食わぬ客を大勢迎えた主人という感じで苦り切っていることもあり、かと思えば時には、客好きの少年という感じで、いそいそと客を出迎えたりするのであって、まあ、

こんなことは書き並べるときりがないが、要するに猫というものは実に人間臭いやつなのです。断じてあれは家来なんかじゃない。不思議な同居人、とでもいうか、せいぜい悪く言って居《い》候《そうろう》でしょう。しかも自分が居候であることにまるきり引け目を感じていない、当然の如《ごと》く住みついてる居候なのだね、猫というのは。

猫と人間とがいかに対等であるか、今一つ付け加えるなら、たとえばうちの猫などは私のことを母親だと思っているふしがある。

動物学者によれば、ライオンが腹を見せて、つまり仰向けに寝ることは非常に稀《ま》れなのだそうで、それはどういうことかというに、動物が他の動物を食べる時、真っ先に食べるのは内臓なのだね。それ故《ゆえ》、腹を出して寝るなどということになる。危険だからやらない。ほとんどそういうことは実に危険だということはやらない――のでありますが、ただ母親といる時だけは別なのだという。

母親に対してだけは無警戒に腹を出して寝そべるのですね。

うちの猫はどうか。

私といる時には、遠慮なくコロリと仰向けになってみせるのでありまして、ということはつまり、猫も一種小型のライオンであると考えるなら、私の猫は、つまり私のことを母親だと思っているということになるじゃありませんか。

やはり猫はわれわれのことを同族だと思ってるんだね。ついに私は母親にされてしまった。いや、されてしまったなんて迷惑そうな顔をしてみせることはない。仰向けになったコガネのおなかの毛を分けて蚤《のみ》など探しながら、私は「母親としての喜び」にひたっているのですから。

伊丹十三

長谷川《はせがわ》潾二郎《りんじろう》「猫」

洲之内徹

長谷川さんの仕事の遅いのには泣かされる。昭和四十五年の暮、私の画廊で長谷川さんの個展を開いたが、個展の約束をしたのは六年前であった。ちっぽけな画廊の壁面を埋める十七点の小品を揃《そろ》えるのに六年かかったのである。

(中略)

「猫」の絵だけは、六年前にもう完成していた。完成していると思ったので、私は譲ってくださいと頼んだ。すると長谷川さんは、まだ髭《ひげ》がかいてないからお渡しできませんと言った。言われてよく見ると、なるほど髭がない。

「では、ちょっと髭をかいてください」

と、私は重ねて頼んだ。すると長谷川さんはまたかぶりを横に振って、猫が大人しく坐《すわ》っていてくれないと描けない、それに、猫は冬は球のように丸くなるし、夏はだらりと長く伸びてしまって、こういう恰好《かっこう》（読者は口絵〔編集部注：本書では本頁に掲載〕を見てください）で寝るのは年に二回、春と秋だけで、だからそれまで待ってくれ、と言うのであった。

長谷川潾二郎　猫　油　31.8×40.9　1966

長谷川さんの絵のかき方を十分承知しているつもりの私も、これには驚いた。なにも髭だけかくのに猫全体がそっくりこれと同じ形になるのを待つことはあるまい、そうは思ったが、穏やかなようでも言いだしたら聞かない長谷川さんである。それに猫は猫でもただの猫とはちがう。長谷川さんが家族同様の待遇をしている猫なのだ。たかが髭くらいなどと軽々しいことを言ってはならない。私は言われるとおり待つことにした。

私は、猫は好きではないし、猫なんか可愛《かわい》がる人の気が知れないと思うのだが、その私の眼にも、この猫だけは平素から、非の打ちどころのない立派な猫のように見えた。よく、長谷川さんの家の茶の間の、冬は炬燵《こたつ》に替る大きな食卓を囲んで長谷川さんと向い合っていると、その長谷川さんと奥さんとの間に、この猫が両手を前に揃《そろ》え、畏《かしこ》まって、静かに坐ってこちらを見ているのだったが、その姿はなんとなく猫離れしていて、まるでこの家の小さな跡取り息子を見るようであった。ついこの間まで、長谷川さんの奥さんは麻布のベビードールというおしゃれの店のデザイナーをしていて、あるとき、お手製の、きらきら光るスパンコールをたくさん縫いこんだ、この猫の余所《よそ》行きの頸輪《くびわ》というのを私に見せてくれた。

「余所行きってのはどういうんですか」

私が訊《き》くと、

「お客様の見えるときやなんかです」

と、奥さんは答えた。

その後何度も春が来て春が去り、秋が来て秋が去ったが、絵の中の猫は依然として髭のないままであった。一方、本物の猫のほうはだんだん年を取り、ことに歯《し》槽膿漏《そうのうろう》を患《わずら》ってからはめっきり衰えて、あんなに艶々《つやつや》としていた美しい毛並みも変にぱさぱさしてきた。

猫が死んだのはいつだったか、そのすこし前、ある晩私が遊びに行くと、長谷川さんは浮かぬ顔で、

「どうも太郎の加減がわるくて……」

と言った。長谷川さんの息子さんはその頃、横浜の図書館に勤めはじめたところで、勤めの決るまでは、ひと頃、よく就職の話が出た。そういうこともあって、いま長谷川さんの言った太郎というのはその息子さんの名前だろうと、私は思った。

「そりゃいけませんねえ、坊っちゃんですか」

と、私は尋ねた。すると長谷川さんは、

「いいえ、猫ですよ」

と、たいそう真面目《まじめ》な声で答えた。私は思わず笑いだしたが、長谷川さんはにこりともしなかった。

その次か、次の次かに私が行ったときには、猫のタローは死んで、もういなかった。その晩ひと晩、私は長谷川さん夫妻から交々《こもごも》タローの想《おも》い出話を聞かされた。絵の猫はとうとう髭をつけて貰《もら》えずじまいになってしまった。私がそれを言うと、長谷川さんは、

「しかたがない、想像でかきましょう、いや、デッサンはあるのです」

そう言って、アトリエからデッサン帖《ちょう》を取ってきて見せた。ほんとうに、髭だけのデッサンが二枚あった。

それからしばらくして、絵の中の猫は、何年目かに初めて髭を生やしてもらった。

「髭をかきました」

長谷川さんの差し出すキャンバスを受けとって見ると、どういうわけか左半分の髭しか描いてない。しかし私は、どうして右側の髭がないのかは訊かなかった。下手なことを言って、また何年も待つことになっては大変だ。

「タロー君に死なれてみると、この絵を戴《いただ》いてはわるいみたいですね、だいじな記念でしょう」

「いいんですよ、お約束したんだから」

「じゃあ頂戴《ちょうだい》します、その代りどこへも売りません、いつまでも僕が持っていることにします」

「そうしてくださるとうれしいです」

展覧会では最初から赤札をつけておいた。言うまでもなく、買手は私自身である。

髭のデッサンを見せられた晩、それといっしょに「タローの履歴書」というのを、私は見せてもらった。タローの存命中、ある夜つれづれなるままに、長谷川さんが炬燵の上で書いたのだそうで、四百字詰原稿用紙四枚に及ぶ、猫にしては珍しく詳細に渉《わた》るものである。署名は潾二郎氏の代筆だが、捺印《なついん》は前脚の裏に赤い絵具を塗って押した拇印《ぼいん》である。四枚は長過ぎるので、一部をここへ写しておこう。

履歴書

（前略）

学歴　幼時家庭教師につきてフランス語と音楽を学ぶ。フランス語は特に次の二つの章句に関して造詣《ぞうけい》深し。

Le chat sage boit et mange avec sobriété.

（賢き猫は節制を以《もっ》て飲食す。）

Vivez conformément à ce que vous croyez.

（汝《なんじ》の信ずる所に従って生きよ。）

音楽はクラシック、特にフランソワ・クープラン及びエリック・サティの曲を愛好す。ラジオの前に坐し、時に微《かす》かに尾を振りてテンポの可否を確かめることあり。

趣味　食事。特有の美食の感覚発達す。（略）フランス料理を食べ、おでんを食べ、清元を聞きたる後にベートーベンを聞くといった雑色文化を好まず。一本筋の通った純粋な世界の形成を愛する都人士の風格あり。好きなもの、鰺《あじ》、牛乳、ナマリブシ、貝類、チーズ、バターつきパンなど。食欲のない時は決して食物を口にせず。満腹だけれどおいしそうだから一口食べてみようなどという主人の愚行を真似《まね》ず。
特技　鼠《ねずみ》はとらざれど、庭にて小鳥をとるハンターとしての技神に入る。足音なく歩むこと、白昼に夢の線を描き、明瞭《めいりよう》なる幻影の存在を示せり。
身長　不明。時により変化す。
（後略）

履歴書に身長の記載があるなどは甚《はなは》だ妙だが、これは長谷川さん自身、履歴書というものをいちども書いたことがないというのだからしかたがない。だがこれを見てもわかるように、長谷川さんという人はなかなかの詩人である。事実、一冊の詩集を編むに足る自作の詩稿を蓄えている。血筋かもしれない。長谷川さんは四人兄弟の二番目。長兄の海太郎氏は、林不忘、牧逸馬、谷譲次と三つのペンネームを使い分けて、昭和の一桁《けた》の年代に大活躍した作家だが、「丹下左膳《たんげさぜん》」の作者といえばいちばんわかりが早いだろう。次弟の濬《しゆん》さんは詩人でロシヤ語の翻訳家。戦争中に出たバイコフの「虎《とら》」を訳したのはこの人である。末弟の四郎氏は現役の作家だから注釈は要らないと思う。猫のタローはこの長谷川四郎氏の家で生れたのであった。

洲之内徹

『中島らものもっと明るい悩み相談室』より

妻とオス猫への嫉妬で狂いそう

中島らも

深夜ふと目をさますと、台所で妻が熱っぽくささやく声が聞こえてきました。「あなたが好きよ。さあキスしましょう」。のぞいてみるとオス猫をぎゅっと抱きしめキスしているのです。私はここ十年ほどキスもさせてもらえません。それなのに、と思うと気が狂いそうになります。このままでは猫を殺して私も死のうか、とか、猫と妻を二つに重ねて四つにしようか、とか考えてしまいます。どうしたらよいでしょうか。

(妻の不倫に悩む夫・76歳)

あなたもメス猫を飼えばよろしい。……と、また一行で終わらせてしまうところでしたが、以下は補足だと思って読んでください。ここ何年かのことだと思うのですが、街の本屋さんに行くと、いわゆる「猫コーナー」なるスペースがしつらえられています。猫に関するそれだけの著書が出ており、需要もあるということなのでしょう。
僕はもともと「イヌ族」で、猫はご免こうむりたい口だったのですが、一度、死にかけてるのを拾ってきて育て出してからは、なぜ「ネコ族」の人があれほど熱狂的になるのかわかる気がします。

猫の魅力というのはもう言いつくされていると思いますが、僕の私見では次の通りです。

①猫は「眠り美人」である——猫を見ていて一番うらやましいのは、寝ているときの姿です。こうやって原稿をコリコリ書いているときに、眠っている猫の細くとじた糸みたいな目を見ると、「ああ、オレは何をやってるんだ」という気になります。次の世は猫に生まれたい気になります。

②猫はシニカルである——およそ動物の中で猫ほど「人をバカにした」やつはいません。ウソだと思ったらネコをじっと注視してみてください。目と目が合うと必ずアクビをします。飼い主を飼い主とも思わぬその不遜なところに人は「貴族性」を見るわけですが、それは錯覚で、心臓に欠陥があるせいでよく眠ったりアクビしたりするらしいです。

③猫は足の裏がかわいい——いわゆる「肉球」ですが、これをプヨプヨ押さえて遊ぶのは人間に与えられた無上の快楽です。

というわけで今回は「猫ほめ」で終わります。

選ばれし者になりたい

松田青子

選ばれし者になりたかった。人間には別に選ばれなくてもいい。人間よりも生き物に選ばれる人になりたい。だってその方が断然すごい。それこそが勇者の証だ。「おうさまにほうびをもらいました」とか完全に魅力ゼロである。

小さい時からそうだった。私はその観点ですべてのヒーローの優劣をつけた。「桃太郎」がそうだ。桃から出てきたただの負けん気の強い少年だったら、私はそこまで彼に惹きつけられなかっただろう。確かに団子に釣られたという側面も否定はできないが、猿と雉と犬が桃太郎を選んだからこそ、私は桃太郎をすごいと思い、この人の鬼退治を応援しようと思った。そうでなければ桃から出てきたというエピソードにだって信憑性がない。

映画の『ネバーエンディング・ストーリー』がそうだ。アトレイユが位の高そうなヒゲの人に勇者の証のペンダントをもらっただけでは、私は納得しない。しかし冒険のおともである白い馬と彼の信頼関係を見るにつけ、なかなかやるなと思いはじめる。そしてピンチの際に、ファルコンという名の白いふかふかした竜が飛んできてアトレイユを背中に乗せた時には、この人すごーい！　と目を輝かしテレビににじりよった。この人は真のヒーローだ。特に竜に選ばれる人間は最高級のヒーローだ。『アバター』だって勇者と認められるための最後のテストは、竜に選ばれることだった。誰にもなつかないと言われている生き物になつかれることのオンリーワン感。ナウシカなんて本当にすごい。やめとけ、あいつ、人間にはなつかないんだ、と皆がお手上げ状態のあばれ馬に選ばれ乗りこなしたい。ドリトル先生みたいに動物に悩みを相談されたい。特に猫に好かれたい。猫は素敵だ。私は竜よりも猫がいい。

こんな夢を持っていたのに、私は幼い頃からアレルギー体質で毛のある動物にしっかり陽性反応を示し、熱帯魚（ある日家族が水槽の温度調節を間違えて、全匹ヒラヒラと目の前で死んでいった）と亀（居場所が見つからなくて探していたらマンションの五階から地上のコンクリートに落下していた。しかも生きていた。亀はすごい、と思った）しか飼うことが許されなかった。あんまり意思疎通がとれている気がしなくてさみしかった。そのまま時が過ぎた。私はこのまま一生選ばれない人間、選ばれない人生なのか。

そんなの嫌だ〜！　と一念発起した私のひざの上には、今、猫がいる。すやすやと寝ている。動物アレルギーは出なかった。私が選ばれた証だ。猫の体重移動を感じるだけで胸がいっぱいになる。鼻の頭をかかせてくれるの？　これも私が選ばれた証だ。ごはんを準備させてくれるの？　トイレを掃除させてくれるの？　どれもこれも選ばれし者だけに許された重要な任務だ。

グーちゃん（尋常じゃなくぐーるぐる言っていることと、繊細な性格をしていることから、グレン・グールドにあやかりグールドという名前になったが、一瞬で緊張感のない呼び名になった）はロシアンブルーという種類の猫だ。北の大地でキタキツネに出会ったぐらいの新鮮さで、毎日グーちゃんのかわいさにびっくりする。現在五ヶ月で毎日成長している。このままグーちゃんがどんどん巨大化して、ファルコンみたいに私を背中に乗せて、どこか遠くに連れ去ってくれたらいいのに。そしたらグーちゃん、『ネバーエンディング・ストーリー』のいじめっ子に仕返しをするラストみたいに、あいつとあいつとあいつをやっつけに行こうね。

ところで『進撃の巨人』というマンガがある。人間のすみかをどこから現れたのかわからない巨人たちが襲い、人間たちは次々と巨人にバリバリ食べられてしまう。あれも巨人が人だから食べられるのが嫌なんであって、『進撃の巨猫』だったら結構喜ぶ人がいるんではないだろうか。町をストストと歩きまわる大きな大きな猫に見つかって、それこそ選ばれて、見つめられたら最後もう逃げることはできない。でっかい肉球と毛に挟まれ、ああ気持ちいいとうっとりしている間に、巨猫の口の前。食べてもいいから食べる前に一度そのふかふかのおなかで抱きしめてくれ〜と叫びたい。隠れて見ている人間たちも、すくっと後ろ足で立ち、しっかりと前足でつかんだ人間をがつがつ食べている巨猫の姿にか、かわいい、と思わずつぶやき、かわいさに目を奪われているうちにほかの巨猫に見つかり、食べられてしまう。『進撃の巨人』に出てくる巨人たちが皆違う顔をしているように、巨猫も、三毛にブチ、アメショ、スコティッシュフォールドと、よりどりみどりだ。皆好きな巨猫に食べられたらいい。私はもちろん巨猫のグーちゃんに食べられたい。そしてグーちゃんの一部になりたい。私の心もちょっとだけグーちゃんの中に残ったらいい。グーちゃん、そしたらゴジラみたいに、あいつとあいつとあいつ、それからあいつも踏んづけに行こうね。あいつとあいつ、バリバリ食ってやろうね。

猫はかわいい

近藤聡乃

動物園に行く度に思うのは「犬と猫はとてもかわいい」ということです。猿山の小猿やレッサーパンダも見飽きないかわいさですが、帰り道にばったり散歩中の犬や野良猫に出会うと、はっとするほどのかわいらしさにショックを受けます。こんなに近くにあんなにかわいいものがいたなんて……と再確認するわけです。

よくしたりされたりする質問に「犬派？　猫派？」というのがあります。私は「猫派」と言うことにしていますが、柴犬などがしっぽを振って近寄ってくると、「犬かも……」と弱気になる通り、犬も同じくらいかわいいと思います。でも、「猫派」と言い切ることはできても「犬派」と言い切らせない、なんとも言えない猫の魅力はなんなのでしょう。

なんとも言えない猫の魅力、というのをあえてなんとか言うのなら「犬に比べて顔が平らで人間みたいで不思議」なところでしょうか。猫の斜め横顔を見ていると、十三歳くらいの少年少女の色気を感じます。

神楽坂のおまんじゅう屋さんで、床に猫が寝そべっているのに気づかずにズンズン歩いたら、思い切り踏んでしまいました。「ねこふんじゃった」という歌がありますが、実際踏んだら「ギャッ!」と言ってました。

親戚の家の黒猫は小さい時に寂しい思いをしたせいか、うれしい時にも声をだしません。家族の隙をついて家具の隙間に入るのが好きで、ある日開けた引き出しの奥に潜んでいるのに気づかずに、祖母が閉めようとしたら、ついに「ニャー」と言ったそうです。

先日二年ぶりにその猫に会った時、みんなが油断した隙に今度は仏間のタンスの隙間に入ってしまいました。無理矢理追い出したら小声で「ニャー」と言いました。私が声をきいたのはこれがはじめてです。

適当に思い出したことを書いたら声の話ばかりになりました。私は猫の声が好きなのかもしれません。

近藤聡乃

Ⅲ

いっしょに暮らす日々

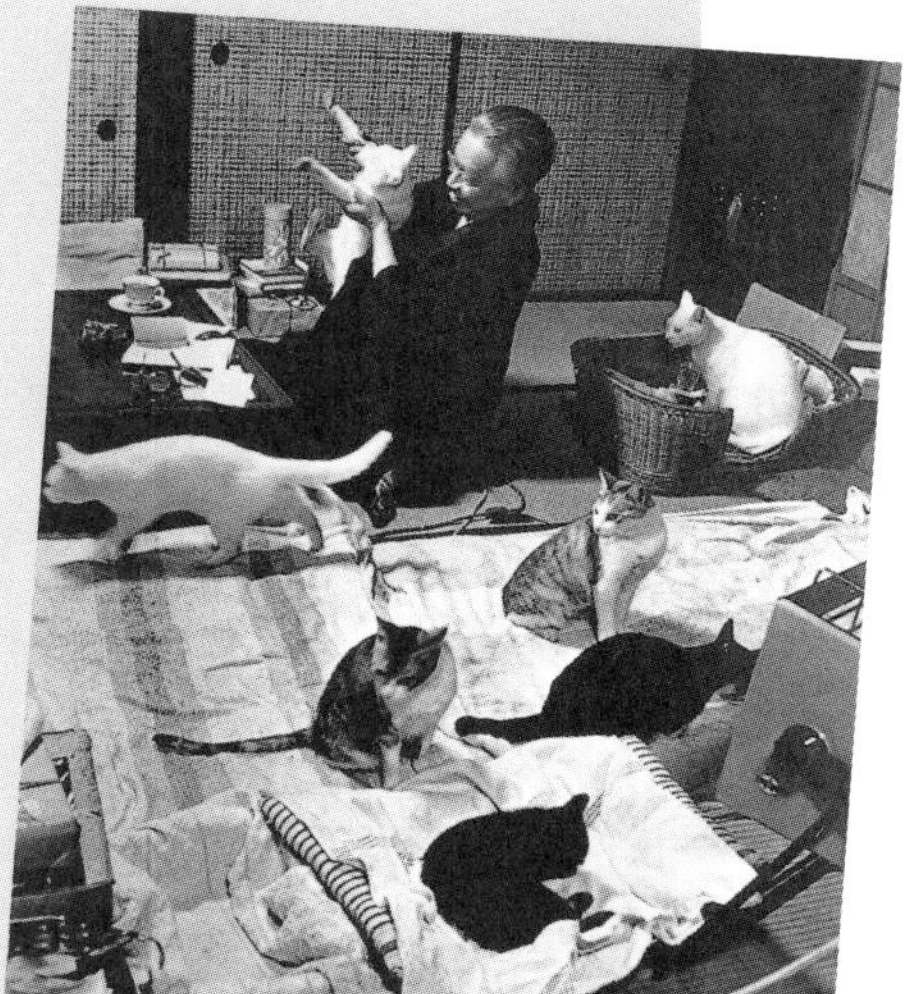

大佛次郎と猫たち

『富士日記』より

武田百合子

昭和四十六年

八月四日（水）　くもり、風つよし

朝　ごはん、ひらめ煮付、味噌汁。

昼　とうもろこし粉を入れたふかしパン、野菜ととりのスープ、トマト、ベーコンエッグ。

夜　ごはん（味つけごはん）、かます干物、ひじきとなまりの煮たの、茄子しぎ焼、みょうが汁、はんぺんつけ焼。

颱風十九号が九州に上陸。風が吹く。時々晴れたり、雨がぱらついたりする。

管理所で。みょうが一袋、きゅうり二本、トマト五個、にんにく一個、マヨネーズ、合計六百円。

買物をしていると、白髪まじりの小柄の奥さんが寄ってくる。小声で「奥様。熊の方は、その後どんな風でしょうか」とたずねられる。その奥さんは「前に、大きなサルが歩いているのをここで見かけたことがある」と教えてくれた。散歩しているような恰好だったそうだ。

タマ、暗くなって大急ぎで家に入って来る。いつもより急ぎ足なのは、もぐらをくわえてきて、みせたかったからだ。もぐらは、この前のより成長して倍ほど大きくなっているが、毛並はまだ子供らしくビロードのようだ。ビロードの色は真黒から薄墨色に、もぐららしく変ってきている。前足もこの前のよりずっと大きく、水かきがついているみたいにひろがっている。主人は「タマ。お利口さん、ああ、つよいつよい。えらいねえ。そうかそうか。見せてくれるのか」と、しきりに猫に話しかける。そして私に「こういうときは、ほめてやらなくちゃならんぞ。もぐらをとりあげて捨てたり叱ったりしちゃいかんぞ。猫がヘンな性格になるからな。いじけるからな」と言いきかせる。私も「タマ、よく見せにきてくれたね。ありがとさん。そうか。お前はつよいね」と、真似してほめた。今日のもぐらは丈夫らしく、いつまでも動いているので、タマは満足して遊んでいる。やがて動かなくなると、ふしぎそうにみつめて、放り上げてはバスケットボールをしているようにいじっていたが、ふいと飽きて、箱に入ってねてしまう。

夜、湿っぽい霧が、ぐったりと降りてくる。空はうす赤い紫色。下の原の家に灯りがついている。大きな大きなくしゃみを、そこの家にきている男がした。

畑のけしに蕾が一つついた。葉にも蕾にも毛が生えている。かぼちゃにも一つ実が大きくなってきている。かぼちゃは朝早くから花を開いている。かぼちゃの花をみると、灯りがついているような気がいつもする。かぼちゃの花にもスゴい毛が生えている。「黒い雨」を読む。涙が出て、それから笑う。

十月二十四日

本栖湖、西湖、朝霧高原へ行く。紅葉を見に。

昼　天ぷらうどん、おひたし、りんご。

食堂で主人の髪を刈る。そのあと、主人入浴する。

タマが庭をせっせとおりて来る。会社員が夕方、家へ帰って来るときのように。遠くから見ると、タマの顔に黒いひげが生えているようだ。テラスまで来るとタマは得意そうに顔を仰向けてみせる。蛇をしっかりくわえている。三十センチ足らずの小蛇だ。蛇はくわえられて苦しいから脂がにじんで反りくり返っている。だからひげのように見えたのだ。「あ、タマ。蛇をくわえてきた。とうちゃん、見てごらん。タマの顔はダリにそっくり」。主人は私の声を聞くなり仕事部屋に入り、乱暴に音をたてて襖を閉めきる。タマは仕事部屋の前にきちんと坐って蛇をくわえたまま待っている。蛇をくわえているから鳴いてしらせるわけにはゆかない。みせたいから開けてくれるまで黙って坐っている。「いいか。タマを入れちゃいかんぞ。絶対に開けるな。俺はイヤだからな。タマをどこかへつれてけ。蛇は遠くに棄ててこいよ」。主人は中から、急に元気のなくなった震え声で言う。

私はタマの頭を撫でて「タマ、えらいね。遠くからせっせと持ってきたのね。大へんだったね。見せてくれてありがとさん」と言う。蛇をくわえたままの猫を風呂場に入れておく。

食堂に落ちている髪の毛を掃除機で吸いとって掃除したあと風呂場に行くと、蛇は死んでいた。タマはまた外へ出てゆく。蛇を箸でつまんで犬の墓のところを掘って埋める。「もう大丈夫。埋めてしまったから」と私の顔が入るだけ襖をあけて報告した。

夜　桜めし、おでん、漬物。

猫と暮らす12の苦労

金井美恵子

トラーと一緒に生活するようになって、なにかいいことがあったかと言えば、それは第一に、なにしろただ見ているだけであまり可愛いものだから、とにかく可愛いという満足感ということになるかもしれない。

つやつやした毛並みの、ギネス色の褐色と淡い紅茶色のバスのエールに似た色で出来ているようなトラ柄、ギンナン色の大きな眼、サンゴ色の濡れた鼻先き、銀色に光るヒゲ、真珠色の歯、と美点を並べたてればきりがないし、猫というものはまた眠っているときの姿態も、動いているときの様子も、滑稽さと紙一重のところで優雅さを保っていることだとか、言おうと思えばいくらでも言い立てることが出来るのだが、そうしたことは『遊興一匹　迷い猫あずかってます』という本のなかで、書きつくしたとまでは言わないものの、相当書いてしまったので、この場では、猫と一緒に生活することの不自由さについて検討してみたいと思う。

1　猫と一緒だと風邪をひきやすい。

少しうすら寒くなると（気温にして最低温度が二十二度を切ると）トラーはかならずかけブトンの上で眠るのだが、なにしろ八キログラムに近い大猫がフトンの中央で身体を思いっきり伸ばして眠るものだから、いきおいこちらはフトンの端でちぢこまることになり、気がつくとかけブトンの半分以上をトラーに取られている。フトンを引っぱって取り返せばいいようなものだが、それが出来ないのが、飼い主というか猫の召使いの実態だ。同じベッドで眠ってくれている猫に、そういうことは出来ない。その結果、たとえば次のような夢を見ることになる。

いい湯加減のお風呂にのんびり気持良くつかっていると、急にお湯の温度がぬるくなるので、給湯操作ボタンの「足し湯」の「熱く」と書いてあるボタンを押すのだが、いくら押しても給湯口から出て来るのは冷たい水で、ぬるくなっているお湯は、ぬるいどころか冷たい水そのものに変わり、からだが冷たくひえきってまた給湯機が故障したのか、とうんざりしたところで目が覚め、気がつくと猫に掛けブトンを占拠されて私の身体は冷えきっている、とか、急な坂道を重い荷物の入ったリュックを背負ってふうふう息を切らし、汗をかきながら休んでいると、冷たい風がぞくっと身体を冷やす、という夢からさめると、猫が胸の上で寝ていたりするのである。

2　旅行には行けない。

とてもじゃないけど、狭い場所に閉じ込められてしまうペット・ホテルに泊まらせる気にはなれない。トラーの面倒を見てくれる人に泊まりがけで私たちの家に来てもらう、ということも考えたのだが、一日に少なくとも二十分は愛情をこめて――決しておざなりではなく、猫には毛皮を通してすぐわかるのだから――撫でてやる、一日に最低五十回は、可愛くていい猫だ、と言ってやる、ミルクには、三対二の割合で小岩井ヨーグルト・グルメファンを混ぜたものを食事の度にあたえる、等々といった条件で八キログラム近い猫の面倒を誰がみてくれるだろうか。

3 ケガした猫（八キログラム）を病院に運ぶ。

これはとても重い。ペット・キャリー・バッグに入れたトラーは鳴きわめくし、狭い空間の中で絶え間なく動きまわるので、動かない八キログラムの荷物――スーパー・マーケットで食料品を買えばすぐにこのくらいの重量になるのだが――とはまったく別種の重量感が腕にずしりとこたえる。

4 こちらが眠っている最中に空腹をうったえて、なにか食べさせるまで鳴きやまない。

5 耳あかを取ろうとすると怒る。

6 近所の去勢飼い猫たちと狭いテリトリーの攻防戦を繰り広げる。

7 その結果、年中ケガをする。

8　食べ過ぎて吐く。
よその家のベランダで吐いたりするので、ひどく困惑させられる。
9　木にのぼって降りられなくなり、近所の人たちがハシゴを持って駆けつける騒ぎをひきおこす。
結局は自分で降りるのだが、その決心をするまでは鳴きわめき続ける。
10　ダンボール箱を捨てられない。
気に入ったダンボール箱の中で眠るのが好きで、それも一日のうちにいくつもの箱を交互に利用するので、常時、何箱かのダンボールを部屋の中に置いておかなければならない。
11　エビ・カニの類は人間は食べられない。
どんな微かな臭いでも、大好物のエビやカニの臭いならかぎつけて食べたがり、甘えたり、脅迫したり、怒ったり、不満をもらしたり、といった猫の鳴き声のありったけのパターンとトーンを繰りひろげて欲しがるから、これは大変。
12　「猛獣ごっこ」をしたがる。
物陰にひそんでいて、人の背後からふくらはぎに飛びかかって噛みつくのが、雨が降って外に出て行くのがいやなときのお気に入りの遊びで、ふくらはぎと足で、猛獣に襲われた草原の動物のふりをしてやらなければならないので、引っかきキズが出来るし、ストッキングがすぐ駄目になる。

しかし、それでも、トラーはなんと言っても可愛いのである。

金井美恵子

愛猫ノンノとの縁

石牟礼道子

黒猫ノンノといえば、寺に出入りのある人なら、たいていは知っていらっしゃる。ノンノとさあちゃん、ポンコとノンノとご住職、あるいは京二塾《きょうじ》とノンノ、と題して小編を描けば、深遠にして抱腹絶倒《ほうふくぜっとう》の、猫小説が出来あがるかもしれない。

というのもこの黒猫、どこからどう眺めても美猫とはいえず、性格もまた、仏さまから見て、はたして寺の猫に入れていただけるかどうか、心もとないような猫であることも、衆目《しゅうもく》のみとめるところだろう。

つい最近も、お寺の江口さんが見えて、コタツの横で大あくびをしていたノンノを眺めておっしゃった。

「んまぁ、こげんしとるところば見れば、おまいも、よか婆ちゃんばってんねえ」

一瞬わたしは、「婆ちゃん同士でよかったねえ」と云われたような気がして、ノンノを眺めたが、この黒い「汚れさん」は、お客布団《ふとん》の洗い立てに坐って、眉毛のところの禿《は》げて来た目をトポトポと細めてうっとりしているのだった。

いちばん最初のときの出逢いが印象ぶかい。

山門の右手の脇にある銀杏《いちょう》が黄ばんで、今年はまたひときわ美しい。ここの仕事部屋には、お寺の憲ちゃんや美知っちゃんや、倉本さんらのお世話で、ほとんどかつぎ込まれんばかりにして移って来たのだが、そのとき銀杏はまだ青かった。

いくらかここの暮らしに慣れ、境内《けいだい》の脇道を通って商店街にゆくことも覚えたある日、銀杏の高い枝の上から、猫とも思えぬ澄んだ声で呼びかけるものがいる。思わず見上げて、こちらからも呼んだのが、ノンノにせり込まれるきっかけになろうとは、気付かなかった。

そこで考えるのだが、人間によらず、動物たちによらず、上の方から眺め下されるか、こちらが眺め下すかによって、関係の成り立ち方がちがってくることもあるのではないか。

この頃ノンノは年老いて、あんまり高い樹の上には登らないようだが、その時は、とんでもなく高い梢《こずえ》の近くに登っていて、鳥のように啼《な》いたのである。とはいえ、鳥とはまったくちがう美声だから、わたしは混乱して、豹《ひょう》の仔《こ》かとも思ったほどである。なにしろ、ここらは、動物園に近い。

その時、下から眺めたノンノの目の光には、野性の気品がそなわり、とても神秘な色にみえた。石牟礼さんは目が悪いからなあ、と、あの人とあの人とあの人が云いそうだが、とにかくそう見えたのである。

当時は八匹の猫たちが寺にいた。子宮ガンだったビン子をのぞけば、どの猫もわたしの部屋をのぞきに来て、食べ物をねだったり、遊んで帰った。

猫は人にもあんまり上手を云わないが、同じ猫同士、たとえばクロベエはノンノの母親、タンキチやポンコとはきょうだいだと聞いているのに、この寺の猫たちは人間同士のような親しみを感じあっていない様子なのは、なぜだろうか。

長い尻尾を立てて、ゆらりと鉤《かぎ》のように曲げ、食卓の上の干魚《ほしざかな》をかき落としていたのはタンキチだった。大柄で間の抜けた表情でそれをやるので、わたしはその妙技に、ほとんど感心した。

ノンノといえば、部屋中の襖《ふすま》に爪を立てて、一枚残らず、ザンバラにしてしまったことがある。家主さんに悪くて総替えをした。それは経済的にこたえる事件だった。張り替えが済んで真新しくなった襖の前にノンノを坐らせて、わたしは云い聞かせをした。前足を両手で握り、ちぢこまっているのを取り押え、真新しい襖に、前足を当てさせて爪をかけるしぐさをさせた。

「ほら、こうやって、まいっぺん爪立ててごらん、もう今度したらパチンだよ、パチン！」

そして頭をほんとうに、パチンした。

いたく恐れ入った様子だったが、以後、まことに感心にも襖に手をかけたことはない。

「頭はよかっですもんねえ」

ご住職とさあちゃんがそう云って嘆かれる。

猫が猫ぎらいのように、人間も人ぎらいなところがあって、花やら樹やら、犬猫たちに助けてもらって、なんとか生きてゆける。

某氏などは、「お前は寺におるくせ、なにひとつ、仏さんのことをしらんようだなあ」などとおっしゃり、返事をしないノンノをやおら抱きあげ、「こらっ」といいざま強制的ほほずりをなさる。

暴王ネコ

大佛次郎

猫のことは、あまり書き度くない。猫がいる故に、私は冬を迎えて寒い思いをしている。部屋にいて、障子を閉め切っていて、隙間《すきま》風が多過ぎたから気がついて見たら、新しく貼《は》った障子の一枚毎に二こまずつ、猫が出入り出来るように穴があけてあった。つまり四枚並んだ障子に合計八個の猫穴があり、廊下の風が自由に入って来ている。まさか猫の数だけ出入口を作ったのではあるまいと考え、妻を呼び出して、猫が八匹いても出入口は一つだけあればよいわけだと叱りつけると、どうせ破きますから、沢山こしらえて置きましたと用意が好過ぎる挨拶である。家の中を人間が安らかに住むように考えるのではない。猫の都合で決まるのである。

実際に、私の家の襖《ふすま》障子は、破れていないことがない。子猫がいたら、一番、てっぺんの欄間の近くまで穴があいている。大変ですなあ、これはと、客が同情してくれる。貼り変える勇気が出るものでない。時候のいい時は、破れたままにして置く。これは障子であって障子でない。障子の骨を飾って置くようなものである。

前にいた材木座の借家も、この調子で家の中は、さんたんたるものだった。小さい家だったが、大家さんは元蔵相の勝田主計氏であった。今の家に移る時、あまり荒れているから、畳を更え、経師屋を入れて襖も障子も新しくしてから、引越した。伝え聞くと、大家さんが、跡を見廻って、小説家と言うのも感心なものだと賞めていたと言う話であった。

引越しの時、猫は無論、私たちと一所に新居に移った。頓兵衛と言う名の雉《きじ》猫であった。デベッカーさんと言う帰化外人の弁護士のところから貰って来たので、私たち夫婦とも親しかったマリイとイディスの姉妹のお嬢さんが、トムと名をつけていたのだから、日本人の私の家へ来て、トム兵衛と改めたのである。

引越して数日後に、この頓兵衛が行方をくらました。近所をさがしていると、勝田さんの留守番から電話があって、頓兵衛が来ていると知らせてくれた。猫は人間よりも家に附くと言うが、頓兵衛は、元の家へ帰っていたのである。新居からは十町あまりある遠い距離で、途中に滑川もあり、鉄道線路もある。どうやって帰ったものかと感心した。すぐに妻がバスケットを抱えて迎えに行き連れ戻った。

二三日後に、また電話があって、頓兵衛がまた来ていると、あった。今そこに寝ていたが、と見させると、果して、いなく成っている。同じことを、四度、繰返した。やがて頓兵衛は、元の家の近くに出没はするが、人間にはつかまらなく成った。探しに行っても無駄足ばかり繰返した。その間に、頓兵衛は、元の家の貼り更えたばかりの障子襖に存分に爪を立てて、経師屋が入る前の状態に戻した。それで満足したのか、遂に行方知れずに成って終った。西洋猫の血が入った猫で、年齢も年齢だし、たくましい奴だった。

終戦後、私は雑誌を見ていて、来朝中のアメリカ大使シーボルトさんの夫人が、もと鎌倉にいたマリイ・デベッカーさんだと知った。失踪《しっそう》したままの頓兵衛の、昔の飼主である。デベッカーさんの家の墓も、私の家の墓地も、寿福寺にある。現在のシーボルト夫人が鎌倉に墓参に来たことも聞いた。夫人のことを雑誌で見て、私は頓兵衛のことを思い出したのである。あれだけ存分に大がかりに新らしい障子襖を破いた猫を、私たちも、その後知らない。

戦争中、私たち夫婦が疎開しなかったのも猫がいたせいである。あの当時の物情、大小十三匹の飼猫を引連れて疎開出来るものではないから、運命と諦めるより他はない。十三匹の猫の他に「通い」と言うのが、三匹いた。近所の飼猫で、食事時間に必ず、私の家へ通って来る奴である。その中の一匹が、現在でも通い続けて来るのは、主人の内所が戦後も思わしくないかららしい。それもこの猫は念入りに、裏木戸の柱を攀じ登る時に、呼鈴に手か足をかけて、堂々とベルを鳴らしてから入って来る。来客かと思って返事をして出ると、台所口に、こいつが蹲っていて、こちらを見上げ、口をあけてニャーンと啼く。猫では、いつまでも苦労することである。

猫と結婚して

永六輔

ピーター、ティミィ、ボサノバ、ワルツ、タンゴ、以上五匹が我家の猫。

五匹ともネズミをとらない。

ネズミがいないからではなく、いてもとらないと断言出来る。

猫というのは生れて初めての体験がその習性になるからである。

つまり、生れて最初の食べものが親猫のとったネズミでなければ以後ネズミを喰べない。

だからネズミにじゃれることはあっても決して敵として戦うこともなく、その時点で野性は失なわれてしまう。

猫の首筋をつまみあげて、足がダラリと伸びているのは完全に餌を与えられているとみていい。

そういう飼猫に人格を与える猫好きの人がいる。

早い話が愚妻。

一匹づつ名前を呼んで朝の挨拶から、世間話、日ソ交渉の話からテレビタレントの離婚話にいたるまで、猫と会話をしているのをみると、女房が猫を人間扱いしているのではなく、猫が女房を猫扱いしているように思えてくる。

僕は猫が嫌いだから、そばへ寄ってくれば張り倒すし、女房がいなければ私刑を加えるのが楽しみという亭主。

しかし十年来、週に一度だけ帰宅する暮しが続いているので、猫と女房に主権があるのは認めている。

家庭というのは猫又は女房のものであり、男は野良犬であるべきと思っているからだ。

だから男で飼猫が好きだという人は信用したくない。

野良犬や野良猫こそ、家庭はつくれないが、男や女本来の姿であろう。

そう思っての旅暮しなのだが、現実に結婚しているということは、結局は女房が飼猫と暮していることと変らないと悟る今日この頃である。

わたしがやってんですよ

南伸坊

「くろちゃん、くろちゃん、ワタシがやってんですよ」

と私は言った。くろちゃんは、うちのネコだけど、どうも、あんまし頭がよくない。机のはしから、指をちょっとだけ出して、何かの小動物のような動きをすると、目がランランとなってきて今にもとびかかって、食いつきそうだ。

あまりにも意欲が表われすぎたので私は指を引っこめ、冒頭のように言ったワケだ。

このセリフは、昔、桜井長一郎さんて、モノマネの芸人さんがいて、主に、長谷川一夫が忠臣蔵の大石内蔵助を演《や》ってるとことか、山本富士子がセリフの前に必ず「ひっ」と息を吸うってとこのモノマネをしたのだ。

山本富士子が出てくるところで、琴の音が聞こえてくるんだけど、これは桜井長一郎さんが、口を閉じたまま、鼻の奥で出してる音なのだ。たいがいわかると思うけど、前の方に座ってるおばあちゃんが、「アレ？　どこから聞こえてくるのかな？」って様子で、キョロキョロしてる、っていう思い入れでこう言う。

「おばあちゃん、おばあちゃん、わたしがやってんですよ」

って、これを毎回やる。必ずやるので、見てる方もやるぞやるぞと思ってるから、琴の音させた途端にもうＴＶの前の各御家庭で、気の短い人がオチを先取りしたものだ。

「おばあちゃん、おばあちゃん、わたしがやってんですよ」

だいたいネコは、どうも目がそんなによくないらしい。つり竿《ざお》の糸の先に、丸めた新聞紙なんかをブラ下げて、ひょいひょいと動かしたりすると、手もなくなんかの獲物が、そこではねてるみたいに思うらしい。

だって糸がついてるし、その先には竿があって、それを知り合いの人間が持って、動かしてるのである。

ネコは、糸が見えてない、という説もある。糸が見えてないし、新聞紙が丸められてるってのもよくわかってないらしい。しかし、動体視力はものすごくいいので、動く物はよく見えるというのだ。

たしかに、動いてる物に反応する能力はすばらしい。ネコのおもちゃのネズミがあるんだけど、これを、いきなり投げても、みごとにキャッチする。

もっとも、このネズミに関してはしばらく使うと、自分の匂いが移るせいなのか、ぜんぜん興味がなくなるふうだ。

ところが、同じオモチャの新品を買ってくると、目の色を変えて、夢中になる。

わたしがトイレで、ゆっくりしていたりすると、そのオモチャをドアの下のスキマからつっこんでくる。

「遊んでくれ」

っていうことだろう。てことは、これが遊びだってことは、重々承知ということになる。ネコの頭がわるいのかいいのか、こういう時にわからなくなる。

つっこんできたネズミを、そおーっと外へ戻してみると、間髪入れずという感じで、返してくる。シュートする、みたいな調子だ。

緩急をつけて、つき返したり、やや間をおいたりして相手をしていると、本来の用はおろそかになる。つき出した途端に戻してくるし、そのうち、二匹、三匹とネズミ自体も増やしてきて、攻撃の手をゆるめない。

冗談ぬきで用足ししてる暇なんてまったくなくなってしまった。

私のほうもムキになって、ものすごい素早さで次々にネズミを外にくりだした。もう座ってては間に合わないのでズボン上げて、本腰になったところで、人間の声がゲラゲラ笑った。ドアをあけると、そこにツマがうずくまっていて、あはは、途中から、半分はあたしがやってた。と言う。

「なんだよお」

と言って見ると、ちょっと離れたところで、くろちゃんは冷めたような顔である。

いや、最初は、ほんとにくろちゃんがやってたんだけど、しんちゃんが真剣になっちゃって、ぜんぜん出てこないからさあ。

とツマは言っている。

「じゃあ、なんで言わなかったんだよ、頃合い見計らってさあ」

と私は言った。

「おじいちゃん、おじいちゃん、わたしがやってんですよ」

猫よ猫よ猫よ

いがらしみきお

いがらしみきお

なんでこんなとこにウンコ落ちてんだよ

いがらしみきお

猫の喧嘩《ごろまき》

小松左京

四歳の時から家に猫がいて、結婚してからも、六畳一間のアパート住い時代からずっと猫を飼いつづけて来たから、ずいぶん変った猫にもお目にかかったが——その中には、生野菜しか食べずに、いつも八百屋からなまの茄子やピーマンを盗んで追っかけられていた猫や、慢性鼻カタルで、のべつ鼻からチョーチンを出していた猫もいた——およそ今飼っている猫ほど最低、劣悪な猫はいない。一口に言えば、凶暴猛悪、猫だろうが犬だろうが人間だろうが、ちょっと気にさわったら相手かまわず喧嘩をふっかけ、かみつき、ひっかき、けとばすという、どうにも柄の悪い喧嘩猫、かみ猫、ゴロマキ猫なのである。もちろん雄で、やっと一歳半である。

もらわれて来た時は、まだ二カ月たらずのチビ猫で、その時からすでに、情け容赦ないかみつき方をした。といっても、まだほんの仔猫だから、えらく気の強い猫が来た、と思ったぐらいだった。それが、来て二、三カ月もたたないうちに、もう外で、ずたずたぼろぼろ、血だらけになってかえって来た。近所にすごく大きなボス猫がいる。でっぷり肥った三歳ぐらいの雄で、チャップリン鬚をはやし、王者の貫録充分、前にいた雄も、こいつにだいぶいためつけられた。女房は傷の手当てをしてやりながら、チビのくせによしなさい、のされちゃうわよと言いきかせた。が、もとより猫にわかるわけはなく、二、三日おきに喧嘩《ごろまき》に出かけてはやられてくる（夜中に出て行く時、戸をあけてやるのは私の役で、歴代の猫は必ず女房を一番尊敬し、次が次男、その次が長男で、亭主の私の事はドアマンぐらいにしか思っていないらしい）。それよりおどろいたのは、このバカ猫が、気にいらないお客におそいかかる事だった。前から、昼に客がくると玄関に行って、おそろしくえらそうな声でおどしつけたり、恐れ多くも現金書留を持って来てくれた郵便屋さんの足にかみついたりしていたが、一度たずねて来た高校生ファン二人のうちの一人に、何が気にいらなかったのか、応接間でおそいかかった。その高校生も最初はじゃれているのかと思って、適当にあしらっていたが、その攻撃があんまりしつこく、はげしく、ついに顔をねらい出したので、

「先生、何とかしてください！」

と青くなってしまった。

「猛猫、かみ猫あり注意」

の札を出した方がいいんじゃないか、あまり悪いテレビは見せない方がいい、と女房と冗談

を言っているうちに、えらいさわぎが持ち上った。

家に来てからはじめての夏の宵、猫がまた外へ出せといい出した。寛仁大度の私は、急ぎの原稿を中断して戸をあけてやったが、外に敵の気配があるのか、顔だけ出してなかなか出て行かない。蚊がはいるから、足で外へ押し出そうとすると、よほど虫の居所が悪かったのか、私のむき出しの脛にがぶりとかみついた。そのあまりの情け容赦なさに、思わずギャアとわめいて脚をふってふりはなし、拳固でなぐりつけようとすると、その腕にパッととびつき、前脚でしっかりかかえこんで、ぎりぎり牙をくいこませ、後脚の爪で顔を蹴ろうとする。床にがつんとたたきつけたが、それでひるむ所か、おそろしい唸りをあげて何度でもおそってくるのである。それから、昔読んだ南洋一郎著の『吼える密林』よろしくの大たちまわりになった。こちらは八十五キロ、敵は数キロの体重だが、夏の事とて、シャツにパンツ姿の「裸のサル」が、小なりとはいえすごい爪と牙を持った猛獣に、素手でたちまわる事の不利をさとって、座布団とスリッパでやっと長椅子の後ろに追いこんだ時は、こちらは全身十八カ所もの深傷《ふかで》、そのいずれからもダラダラ血が流れおちるすさまじさである。一時はぶち殺してやろうかと思ったほどカッカときたが、長男が泣かんばかりに詫びを入れたので、激闘十分の末、その場は無念の鉾をおさめた。

その後も、この猫の喧嘩好きは一向にあらたまらない。外へ出て行っては、血だらけ、泥まみれになってかえってくる。頭にはハゲ数カ所、前脚の爪がぬけ、後肢の傷が化膿し頭から肩はかさぶただらけ、その上最近は一層うるさ型になって、女房が謡の練習をやると、その声がボス猫の喧嘩を吹っかける声に似ているのが気に入らんといって、すごい声でおどしあげる。パトカーのサイレンにまで唸り声をあげる。——あまりの事に、女房は病院で股間のなにをぬいてもらおうか、という。次男はぼくにやらせて、という。私は、まあぬくのは一つだけにしたらどうだという。しかし、長男がかわいそうだからやめて、というので、今の所はまだ無事である。

老猫・ボロ猫・愛猫記

小沢昭一

齢《よわい》十二歳のわが家の猫は、もはや老猫というべきであろう。

ちかごろは、ほとんど外へも出歩かず、以前は大好きだった棚の上の居場所へ登る力もなくなり、椅子の上か、炬燵《こたつ》のわきに、からだをまるめてただ眠るという時間が多くなった。

誰かが炬燵に入ると、その膝にかかった蒲団《ふとん》の上がとくに好きで、炬燵櫓《やぐら》と人間の間に割って入って身を沈め、すぐに眠る体勢をとる。

こうなると、家の者はみんな、動くとかわいそうな気がして、ちょっと立ち上がったりは出来なくなり不便きわまりないのだが、その代わり、いつの間にかわが家には、眠っている猫に膝を貸している者は、ひとを使うことが許されるというキマリが出来て、自分では立たずに「新聞をとってくれ」だの、「お茶をいれて」だの、雑用をひとに言いつけられる特権が与えられるようになった。

老いさき短い猫の、平和な眠りを乱さないためにである。

あれはもう、十二年ほど前、この猫は、私の家の前に、生まれて間もない姿で捨てられていた。

私の家の前は学校の庭で、その塀の下に草など茂っていて捨て易いせいか、それ以前もそれ以後も、何度か猫が捨てられていたが、まだ小学生だった娘が拾って来て、何となく飼うことになったのは、このメス猫一匹だけである。これは縁というべきであろう。

その猫に、ネコという名をつけた。

これはユニークな命名であると、家中でバカに気に入っていたのだが、最近になって、映画監督の鈴木清順さんや、女優の范文雀さんの家の猫もネコという名前だと聞いて、ちょっとガッカリしている。

何事も、自分だけ独得であると思い込んでいても、案外そうではなく、世間は広いものだという、これはひとつの証拠なのかもしれない。

ネコも若かった時は、どこで獲ってくるのか、鳥をくわえて帰って来て、家中を羽根だらけにして見せびらかしたり、ヤモリやセミをつかまえて来て遊んでいたりしたものだが、そういう能力を発揮しなくなってもう久しい。

近所の猫との喧嘩もしょっちゅうやっていて、少なくともわが家の屋根ぐらいは、よその猫の侵入を防いでいたものだが、いつだったか、自分より小さい猫と嚙み合ってトタン屋根からすべり落ち、その頃から次第に闘争力が弱まって、いつの間にか屋根は近所の猫に占領され、そのドラがわが家の室内にまで侵入して来ても、ネコはただあたふたと逃げ廻るばかりで、追い返す力がなくなってしまった。

一昨年の夏、からだの具合を悪くして衰え、医者に看《み》てもらって何とか持ちなおしたものの、どうも暑さに弱くなったらしく、今年の夏もまた一層衰弱し、いよいよお別れかと思わせたが、再度医者の力で回復した。

けれども、昔に比べれば、もうすっかりやせてしまったし、毛並みも汚なくなって、貧相な姿である。

「来年の夏こそは、お別れだろうな」

と私がいうと、女房は

「毎年、お別れ、お別れと言われちゃ、ネコも気の毒よねェ」

と、腹の皮がカバンのようにたれ下がったネコを抱きしめる。

だいたい、うちのネコには、客が来ると、様子を見に一度客の前へあらわれるというクセがあって、そんな時、私は、

「あるじに似て、ボロ猫で……」

などと、客にネコを紹介するのだが、以前は、そういうと、客は、

「いえいえ、かわいいですよ」

とか、

「どうしてどうして、御主人よりはいい御器量で……」

とか、お世辞のひとつも言ってくれたものだが、ちかごろは、その「あるじに似てボロ猫で
……」に対して、どの客も、

「フフフフ」

ぐらいしか言わなくなった。なかには、

「そうですねェ」

と真顔で答える人もいて、言ったこっちがシラケテしまう。

たしかに、あるじもネコも、ボロになったさ。

しかし、ネコは、わが家の功労者なのである。

夫婦喧嘩のもって行き場を、どれだけこのネコに助けられたか。ネコを抱けば、波立つ心も
少しはなごんだ。

子供たちも、例えば、ウツウツたる試験勉強の間の、ほっと一息つく気分転換には、ネコがかっこうの遊び相手であった。

ネコが、長い間、家族のこころをときほぐす役割を果した功績は、はかりしれない。

そう思うものだから、生きているうちに出来るだけネコの労にむくいてやろうと、私は考えはじめた。

もともと私は、そんなにネコをかわいがるというわけではなかった。

いや、なでたり抱いたりは、よくするのだが、それはむしろ自分本位の、というか猫の都合はおかまいなしの、こちらだけの愛玩心で、猫をかまっていた。

だから、ネコは、いつもうるさがって私に噛みついた。

噛まれるとくやしいから、こっちもぶつ。

それも結構おもしろくて楽しんではいたのだが、しかし、そういう私に対して、ネコは絶えず警戒心を持っていたらしい。

ネコは夜中、家族の誰かの蒲団《ふとん》の上の隅で寝るのが習慣だが、私の上には決してのっては来なかった。

今年の夏のネコの大病以来、私はネコのシモの世話をするようになった。

元来、夜になるとどこか遠くへ出ていってシモの始末をつけてくる便利なネコなのだが、病気をしてからパタッと出かけて行かなくなったので、毎晩、台所のタタキに砂箱を用意するのも、不精な私にしてみれば一仕事である。これからずうっと続けるのはシンドイが、お別れも間近いだろうから、それまでの〝供養〟だ。

すべてネコへの接し方を変えた。かわいがるというより、いつも猫本位に、ネコを楽にしてやる心で対するようにした。

そうしていると、ふしぎなもので、ネコも私をたよってくる。私に要求してくる。食い物をくれ、水をくれ、戸を開けろ、小便したい、からだを掻《か》け——それぞれうったえる鳴き声が微妙に違うこともわかってきたし、わかってその要求をかなえてやれば、また私に鳴きかけてくる。

かくて、いつの間にかネコは、私の蒲団の上で寝るようになったではないか。

別れの間もないことを予感して急に注ぎ出した私の情を、ネコはすなおに受けとめているのであろうか。

猫に限らず、元来、いのちあるものとの交流とは、そういうものなのであろう。

一匹の老猫が、単純明快な浮世の原理を、私に教えてくれているようでもあるし、また、そう感じたがる年齢に、私もなったのであろう。

小沢昭一

……などと、ある種の感懐にひたっているうちに、めっきりこの頃寒くなって来たら、ネコは、すっかり元気になって、毛の色つやもよくなり、昨夜など、どこかへ出かけたっきり帰って来やしねぇ。

ふろふきや猫かぎよりてはなれけり

小沢昭一

猫・勾玉

春日武彦

二月の二十三日に、三重県から自動車で猫を連れてきたのだった。雌である。当初、名前は〈遠足〉とするつもりだった。猫の自在に歩き回る姿、子どもの頃の遠足に伴うわくわく感、そういったものを思い描いて〈遠足〉がよかろうと勝手に決めていた。だが妻が反対するのである。そんな変な名前はマトモじゃない。三文字でないと呼びにくい等々と主張して猛反対する。仕方がないので、どうせ寝てばかりいるのだろうからと〈ねごと〉にした。この名前の中には「ねこ」の文字が埋め込まれている。だからといって何の意味もないが、そういった入れ子構造の有り難い名前だと説き伏せた。

拾った猫である、〈ねごと〉は。三重県多気町の山の中に本楽寺という、樹齢四百六十年の大銀杏を擁した寺がある。そこの境内で妻の親戚が拾った。生まれたてらしかった。もう一匹拾ったがそちらは親戚宅で飼われることになった。

手提げのキャリーケースに入れ、妻がハンドルを握り、運転免許を持っていないわたしは助手席で膝の上にケースを抱え、はるばる東名高速を経て家に戻った。ケースの蓋を開けても、〈ねごと〉は不安そうな様子だった。当然だろう。とにかく姿を隠したがる。餌にも寄りつかない。翌日になると家の中から消え失せていた。どこを探しても見つからない。それこそ密室殺人にでも遭遇したかのような不可解な気分だった。

結局、壁の凹みに嵌め込んである床置きのエアコンの裏側に潜んでいた。こんな狭い空間に入り込める筈がないと思っていたのに。出てきたら、全身が埃だらけだった。

買い物に行って戻ってみると、また消え失せている。気配すら消している。散々捜索した挙げ句、今度はベッドの脇のわずかな隙間に身を潜めていた。〈ねごと〉の前に飼っていた〈なると〉は、当初は食器棚の上に駆け上ったまま降りてこようとしなかったが、今度はこちらの盲点を衝いてひたすら身を隠す。いちいち探しても仕方がないのだけれど、家から出て行ってしまった可能性を百パーセント否定する自信がないので、こちらが不安になってしまうのである。

家に来てから三日目に、いきなりスイッチが切り替わった。きっかけは見当がつかない。生まれる前からこの家にいるような顔をして、オモチャにも反応するし、こちらの身体にじゃれつくようになった。やっと猫らしくなった。一週間も経つと、全身がバネ仕掛けのように室内を縦横に飛び回っている。いささか元気があり過ぎるが、家の中が活気づいて嬉しい。食欲も旺盛で、こんなに食べたら肥満にならないかと心配になる。でも痩せている。そして顔が大変に小さい。

顔が小さいうえに、ちょっと猫らしからぬ顔に見える。ひょっとしたら虎とか豹とかピューマとかオセロットとか、そういったネコ科ではあるけれど猫以外の動物の子どもではないかと疑いたくなる。毛色が茶系なので余計にそんな気がする。でも伊勢神宮の近くに虎や豹とかが棲息しているとも思えない。近所の動物病院へ健康状態をチェックしてもらうついでに猫以外の動物の可能性を尋ねたら、一笑に付された。

猫は元気に遊んだり眠ったりしているものの、わたしのほうはいまひとつ生活に生彩がない。ことさらトラブルを抱えているとか心配事があるわけではないのだが、何か輝きに欠ける。カタルシスがない。この世に生まれて良かった！　なんて気分にちっとも遭遇しない。平穏無事であるのを感謝し、それ以上を望むなんてバチ当たりだとは思うが、どうも「つまらない」。冴えない日々を送っているようで気が沈んでくる。猫の潑剌さに引きずられて気分が高揚してくれればいいのに、逆にしょぼくれた人生が対比によって炙り出されてくるように思えてしまう。

電車に乗って中野まで出掛けた。占い師に見てもらうためだ。一年以上ご無沙汰している。人生がつまらないだとか散々愚痴をこぼし、それを丁寧に聴いてもらう。カウンセラーと変わらない。途中で、ああ、目の前の女性は占い師だったんだと思い直し、運気を上昇させる具体的な方法を教えてくれと迫った。すると、わたしは干支において「寅」の要素が不足しているらしい。それがよろしくない。だから家の中に何か虎に関するモノを置けと断言する。

虎と言われても、虎の敷物なんて馬鹿げたものしか思いつかない。張り子の虎もインテリアとして我が家には似合わない。野球に興味がないから、阪神タイガースがどうしたなんて話にもならない。

ふと思いついて、

「最近、猫を飼い始めたんです。茶トラなんだけど、これでどうですかねえ」

「ああ、いいですね。茶トラで十分。大正解ですよ」

などと答えるのである。何が「大正解」だよ。〈ねごと〉が幸運の猫であることを保証されたのは嬉しいが、適当にあしらわれた気がしないでもない。どうも虎グッズとしてはもうひとつ別な何かを手に入れておいたほうが万全を期せるだろう。

虎眼石（タイガーズアイ）というのがあったのを帰りの電車の中で思い出した。いわゆるパワーストーンである。家に戻ってからネットで調べてみたら（当時、わたしはスマホを持っていなかった）、決して高価ではない（キャッツアイは高いらしいが）。金褐色の透明な石の中に濃い茶色の縞模様が入っているのが虎眼石だが、縞模様の部分は酸化した鉄分らしい。効能を調べると、「目先の損得に囚われず、本当に必要なものを見抜き最良の判断へと導いてくれる」とか「邪悪なエネルギーを跳ね返して希望の実現に力を添えてくれる」などと書かれている。すごいじゃないか。

三センチ大の虎眼石製の勾玉《まがたま》をネットで売っていた。あの胎児みたいな形をした装飾品である。沖縄にある、鉱物を扱う店舗であった。千二百円だったので即座に購入した。数日で送ってきたが、まさにモニターで見た通りのものだった。書斎の机の上には大根の絵をプリントした古い印判小皿があって、そこにはヒマラヤの水晶とかブルドックソースの王冠（ブルドッグではなくブルドックである。創業者が、濁るのを嫌ってグをクにしたという）、火星人のバッジ、ローマ時代の古銭、建て替えた閉鎖病棟の鍵などのガラクタが置いてある。その仲間に虎眼石の勾玉も加えた。

ときおり〈ねごと〉が書斎に入ってきて、机の上をチェックしていく。勾玉には気付いたようだったが、二、三秒ほど訝《いぶか》しげに鼻で嗅いでからそのまま立ち去ってしまった。感想を聞きたいところだが喋ってくれない。

やるだけのことはやったのである。茶トラの猫と虎眼石の勾玉とで、もはやわたしの運勢は盤石である。あとは臆することなく幸運を受け止めるだけだ。

春日武彦

野良猫と老人たち

工藤久代

犬のようにいつもわたしの傍を離れないチャルを抱いて歩いていると、見ず知らずのポーランド人から声をかけられる機会が多くなってきました。今まで髪の黒い東洋人、多分言葉も通じないだろうと思うのか、誰ひとり話しかけてくる人などなかったのに、チャルをのぞきこんで、

「可愛いですね」

とまずこのひと言から始まって、

「何国人ですか」

「何をしているのですか」

「ポーランドを好きですか」

などと簡単な質問を受けるようになりました。ようやく少しはポーランド語がききわけられ

るようになったのも幸いして、単語を並べるだけのいんちきポーランド語でも、いいたいことの何分の一かを表現すると、

「とても発音が上手ですよ」

「ちゃんと話せるではありませんか」

と、街のおばさんやおじいさんは賞めてくれるのでした。

ほめられるのはいい気分のものです。いい気分、楽な気持で、今度は先方の言葉をまねてくり返すと、その言葉は頭の中に定着していくのがわかります。

わが家のお客さまはほとんどがインテリ。わたしの片言ポーランド語など、主人や息子にとっては恥さらしでしかありません。ポーランド語をしゃべることのできない口惜しさが、街の人たちとお近づきになるにつれてだんだん薄れてきます。

チャルがわが家に来たことは、わたしの精神衛生にプラスし、閉ざされた社会から一歩をふみ出す、踏み台になったといえそうです。

今まで街を歩いていても目につかなかったよその猫たちが、急に目につくようになりました。道をよぎって早足で駈けて行く猫、草むらからわがアパートへ駈けぬけて行った猫は、わたしの見ているまえで突然消えました。よく見ると、パルテル〔編集部注：建物の一階〕の下がピヴニーツァ（地下室）の窓になっていて、窓ガラスが都合よくこわれています。ここから地下室に

逃げこんだのでした。

オコポーヴァのわがアパートに、こんなにたくさんの野良猫が住みついていたとは、まったく驚きでした。入居したとき、地下室の鍵を渡され、引越し荷物の木箱やボール箱を入れに行ったことがあるだけです。迷路のような地下室全体が、むきだしの土だったことが印象的でした。冬になれば暖房の通るパイプもあって暖かいところです。地下室に猫たちが幾匹も住みついているのだと思ったら、一度に楽しくなってしまいました。

夕方、アパートのお年寄りが、食べものをそこの猫に振舞っているところにも出会いました。地下室をねぐらとする猫たちは、アパートの猫好きな老人たちの「外猫《そとねこ》」と見受けました。

車の往来のはげしい道路と、電車の軌道が目の前を通っているオコポーヴァのアパート。その入口近くに、横長の木のベンチがひとつ、ぽつんと置いてあって、陽が入ってからも長いあいだ明るい夏の夕方など、アパートのパルテルの住民たちがそこでのんびりおしゃべりを楽しんでいます。老人のための居住にパルテルを当てる、そんなきまりのようなものがあるのでしょうか。階段やエレベーターを使って降りてくる老人たちに出逢うのが稀れだったことを思い出すと、あの人たちのほとんどがパルテル住いだったにちがいありません。

こどもたちとは別居し、夫婦二人きりの老後の生活を支えるのは、社会主義国となって制定された年金制度です。決して充分な額とはいえぬまでも、つましく暮せば静かな老後を保証されているといえます。アパートの地下室に住みついてしまった野良猫たちに、硬くなったパンを牛乳に浸し、スープの残りの骨などを振舞うのは、こうした老人たちの楽しみなのでしょう。しかし、老人たちは、ピヴニーツァの猫たちをジキ・コテク（野生猫つまり野良猫）といって、馴らそうとはしていませんでした。もちろん彼らの方も馴らされるはずはありません。

ドゾルツァの部屋のまん前に住む老夫婦は、「三匹の内猫」を飼っていました。「うちの猫たちを見せてあげる」と誘われて、訪れる機会がありました。七十歳をとうに過ぎていると見える彼女の夫は、中風とみえ、辛《かろ》うじて杖にすがって室内を歩いていました。彼の口から出る言葉はほとんど意味をなさず、白濁した眼は、多分もう物が見えないのでしょう。

ベッドと食卓だけ、ほかには家具らしい家具のひとつもない殺風景な部屋。むっとするほど猫臭さが鼻をつきます。外猫とちがって、「ほんとの内猫は、外へは一切出さない」とは、このおばあさんの説明です。「大小便はホーロー製の西洋風呂桶の中でやらせる」とおばあさんは自慢そうにいいますが、水で流しているとはいえ、お便所兼用のこのお風呂場からは、ことにもつよく異様な臭気が立ちのぼっていました。

おじいさんは一体何を職業としていたのでしょうか。労働につぐ労働、一生を貧しく過してきたにちがいありません。加えて、この人たちは二度の大戦争をまともに受けた世代です。主人に聞いて知ったのですが、この世代は年金が最も低い世代ということでした。この二人の老人が手にする老齢年金がどれほどのものか、部屋を垣間《かいま》見ただけでわかるほどです。

一年に一度か二度、遠縁の娘さんがたずねてくる以外、三匹の内猫だけを相手に、こどもに話しかけるようにおしゃべりをする生活と見うけました。おじいさんは外へ出るわけにはいきませんが、おばあさんのほうはまだしも、夕方、地下室の猫へ少しの施しをするために表へ出、そこで同じような年金生活者の幾たりかと会話を交わす楽しみがあります。

アパートの地下室の前、「野生猫」の出入口に置かれた施しの食事、それを人に馴れないはずの猫たちが、おどおどする様子もなく、堂々と、安心しきって食べています。老人たちは眼を細めて、この光景を見守ります。

「白い猫の姿がしばらく見えないが、お腹が大きかったから、そのうちに仔猫づれで現われるだろう……」

「縞猫の雄はもう死んでしまったのだろうかね……」

そうした会話には猫好きというよりも、人生の黄昏《たそがれ》に差しかかった人たちの達観しきった哀歓のようなものが聞きとれます。こうした話の仲間に入れてもらえたのは、わたしを猫好きと見てのことだったのでしょう。

「あしたプラガ（ワルシャワの東部、川向うとよばれる地区）へ馬肉を買いに行くから、ついでに買ってきてあげようか」

とひとりがいってくれます。肉食が主のポーランドでは、猫のごちそうは馬肉らしいとわかりました。農村へ行けば今も馬耕が多い国なのに、ポーランド人は決してといってよいほど、馬肉を食べません。フランスへ多く輸出するときいていました。馬肉を売る店があるというのも初耳です。プラガの市場の前にあるという馬肉屋と、その後知ったコシコバの市場の傍にある馬肉屋は、多分こうした猫好きや、犬好きが出かけるところだったのかもしれません。

うちの飼い猫となるまえ三カ月ほどの間、チャルはドゾルツァとこうした猫好きの老人たちにちやほやと可愛がられ放題可愛がられて育ったのでしょう。そのせいか肉食好きで、「猫には魚」と思いこんでいるわたしをあわてさせました。買ってもらった馬肉をタタールステーキふうにしたものを大喜びで食べたチャル。幼いチャルがどのような食事で育てられたか、その結果、どんなものが好みとなっていたか、今でこそ理解できるわたしも、そのときは、はっきり理解できなかったのが悔まれます。

馬肉は脂肪の少い赤身肉です。わが家にきて、牛肉や豚肉、魚と交互に与える食事はたぶん馬肉になれてしまったチャルの胃腸には強すぎたにちがいありません。チャルのお腹の弱さは、わたしの苦労のたねとなりますが、三カ月の猫のポーランド的飼育法にうとく、いわば彼の食歴に正しい認識を欠いたわたしの迂闊《うかつ》さの罰といえそうです。

チャルはいたずら盛りの男の子そのもの、ドゾルツァを悩ませたカーテンのぼりはお得意中のお得意です。椅子に爪を立てる。じゅうたんを引っかく。それでも少しずつ禁止の「ニエ」(nie 英語の「ノー」に当る)を覚えてゆきました。昼間の活潑《かっぱつ》はいいのですが、明け方の四時、五時という時間に起き出して食べものをせがみます。眠い目をこすりながら簡単なソーセージなど与えて、また寝床に入って眠ろうと思っても、チャルは寝かせてくれません。わたしに遊んでもらいたいとばかりに泣き立てます。相手にせず、そら寝をしているわたしが、いつまでたっても起きないとわかると、チャルはこのときとばかり、居間のカーテンのぼりをはじめます。大学支給の木綿の丈夫なカーテン地は破れなくても、レールを走る小さな歯車は、カーテンレールがきわめてやわな作りのせいもあって、すぐに外れて、うっかり寝こんだわたしが起きたころには、カーテンの半分はぶざまに垂れ下っているというあんばいです。

夜のおそい主人が朝方はぐっすり眠る習慣なだけに、これには困ってしまいました。いくらチャルが可愛くても、なんとかしなければなりません。わたしの解決策はこうです。夜半、われわれが床につく時間になると、チャルにはお風呂場に引きこもってもらうことにしたのです。われわれが起き出すまでの彼の個室というわけです。そこには飲み水と食事と、細かく裂いた新聞紙の入った箱と毛布が置かれました。初めての朝、泣きわめかれても仕方がないと覚悟して、明け方の五時にそっと起きて様子をうかがうと、彼はひとりでゴソゴソと食べている様子です。そしてまた、おとなしくなります。与えられた環境に実によく順応する、聞きわけのよさを発揮しました。その代り、起き出したわたしを待ちかねて、もう甘えに甘えられてしまうのがいつものことでした。ドゾルツァ夫婦の寝床の中で、ぬくぬくと眠る習慣のついていたにちがいないチャルは、一晩じゅう隔離される時間を取り戻そうとするかのように、わたしの胸から離れようとはしませんでした。

山吹

やまだ紫

めんこい
ですろ?
………
……
めんこくない?
‥ん?

可愛いですろう
――と
おたずね申したの
…あ
――
そういうの
考えたこと
無かった
考える
もんでは
ねのでしょう
？
感ずる
もんですか

やまだ紫

子を育てつ
「母親のわたし」も
育てるよ
これが
なまなかな
ことでないから
子が愛しいか
どうなんだか
見極めている
ひまがない
あれを産んで
最初の冬

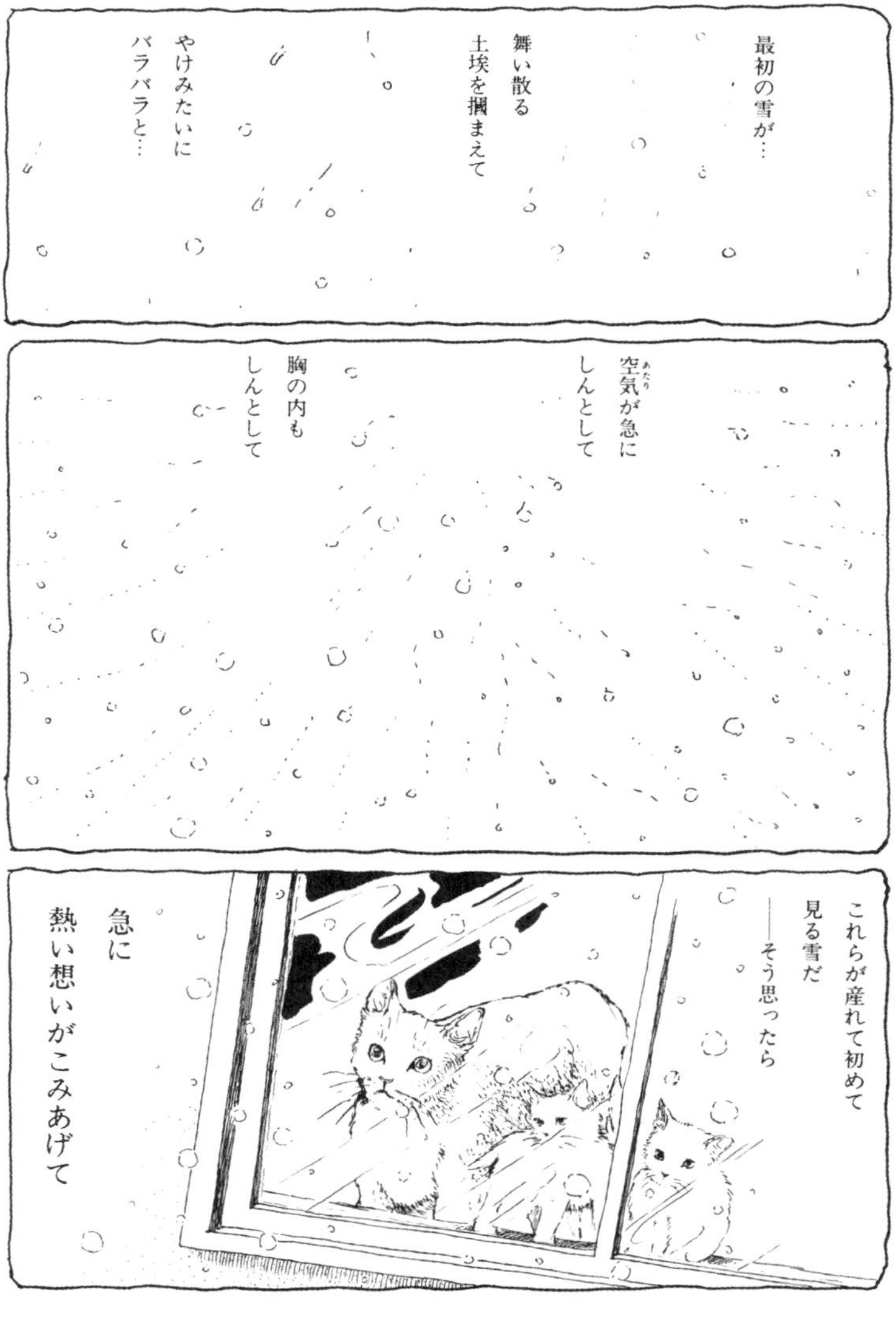
最初の雪が…
舞い散る
土埃を摑まえて
やけみたいに
バラバラと…
空気《あたり》が急に
しんとして
胸の内も
しんとして
これらが産れて初めて
見る雪だ
——そう思ったら
急に
熱い想いがこみあげて

やまだ紫

うれしいと　泣き
悲しいと　泣き
とうとう　…………
雪が降ったと　泣くのです

うまれたての
わたしらの見るものは
あれも　これも
驚きで
やがて愛しい

ほら――
山吹が咲いて
すごいじゃないか
あの黄色

やまだ紫

IV 猫への反省文

幸田文と猫の阪急

小猫

幸田文

小猫を二匹もらった。うしろ姿では見わけのつかないくらいよく似た二匹で、相当いたずらをするし、しつこくもじゃれるが、何をしていても猫特有のかわいい恰好をしている。けれども二匹には明らかな相違があって、片方は器量好しで眼がまるく毛並がよく、人なつこい。片方は鼻がとんがって眼がつりあがって毛が薄くて、人が手を出すと唸《うな》り声をあげて物の下へ逃げこむ。器量好しは一日中かわいがられて手から手へ渡っているし、一方は本箱の脇などにぽつんとすわって、なかまがかわいがられるのをじっと見ている。そのうち、もっと悪いことを発見した。下性《げしょう》がよくないのだ。砂の箱があてがってあっても、庭で遊んでいても、わざわざ家のなかへ来ておしっこをする。これではいよいよ誰にも愛されない。

私も困るやつだと大ぶ嫌いかけて、ふと、なぜわざわざ家のなかへ来てするのだろうか、そこに解《げ》せないものがある、と気がついた。気をつけていると、彼はあわてて座敷のなかへ駈けこんで来て、哀しげな小声で啼きながら落ちつきなく、あちこちを捜しまわるふうにうろつき、遂にどこへでもしゃがんでしまうのだった。あわれなものがからだ中に表現されていた。私は母を捜しているのだと直感し、娘を近処の獣医師へ相談にやった。

「一体にからだの弱い猫が、ことにおなか具合の悪いときに、そういう粗相《そそう》をするのだ」そうで、薬をもらって来た。「もともと弱く生れついているんだから、手をかけてかわいがって育ててやってくださいって。先生の経験からいうと、こんなに眼がつりあがって不器量なのも、性質のたけだけしいのも、手をかけてやると治るんだっていう話なの。ねえ、うちの人もよそから来る人も、みんなあっちばかりかわいがり過ぎていたわねえ。」娘は申しわけなさそうに、そうっといった。

たかが猫のことだといってしまえばそれまでだが、平等にしようと心がけるのは、正直にいってむずかしかった。が、猫は先生のいった通り、つりあがった眼もとが柔かく円《まる》くなってきたし、人を信頼するようになってきている。両脚をきちんとすわって人の顔を見あげているとき、彼は障子を明けてもらいたい、水が飲みたい。こちらでも彼の望みがわかる。二匹の差はいま殆どないように育っている。その、もう年輩の先生は「よくなりましたね」と褒めてくれた。

むかし私は不器量でとげとげしい気もちの、誰からも愛されない子だった。そして始終つまらなかった。それがこたえていたので、三十、四十の後になっても大勢子供がいれば、きっとすねっ子、ひがみっ子、不器量っ子のそばへ行って対手《あいて》になってやる気もちなのは、うそではなかった。けれども猫ではこの始末であった。子供のときからの、長い、あわれなもの弱いものに寄せる心ではあったが、それも結局は、いい加減な中途半端なものだったとしか思えない。そりゃそうな筈だ、愛されない恨みのうえに根を下して辛うじて——そう、ほんとに辛うじてだ——もった愛情などは、しょせん平等なおおらかな愛とはいえないのだ。だめだなあと嘆息しながら、何十年の経て来た時間を考える。

幸田文

愛情の重さ

石井桃子

私たちは、かの女をキヌ子嬢と呼んだりおキヌさんと呼んだり、また、おなかをだしていいかっこうで、寝ているときなどはキヌ夫人絵図などといって、からかったりする。

おキヌさんは、私の家のネコである。頭の上と背中にうすずみ色のまだらがあり、ロールパンのようにまきこまれているらしい、ちょっぴりついた丸いシッポもうすずみ色。目が大きく、なかなかのべっぴんで――お客さんは、みなそういってくれるし、私たちは、それをきいて喜んでいるのだが、玉にキズは、首の右のつけ根と背中のまん中にある、かなり大きなハゲがある。

このハゲは、三年前には、直径七センチくらいのうじゃじゃけた、赤い肉のはみ出たキズだった。

三年前、秋の日ざしが、落ち葉を、ふかふかふくらせるころ、私は庭のツツジの木の下の日だまりに、時々、白いものが寝ているのに気がついた。けれども、私の家の庭は、日あたりがよくて、近所の犬ネコのクラブになっているらしく、ネコのひる寝はめずらしくなかったから、おや、また、どこかの猫があそびに来ているな、くらいに思っていたところが、そのうち、私が庭で、おとなりの人と話している時など、その猫は、そろそろ、そばへよってくるようになった。

はじめて、そばでその猫を見た時、私はぞっとした。首と背なかの毛がぱっくり食いとられ赤い肉がでていた。その春、生まれたらしく、大きさは、おとなになりかけのように見えた。ああ、きみがわるい。家にはいってきたら、たいへんだといって、私たちは、おのおのの家に逃げこんだ。

そのころ、小さい私の家に、友だちの家族が同居していて、その人たちは、ニノという名の巨大なオスのキジ猫を飼っていた。この家族は、夜おそくまで仕事をする人たちで、朝がおそい。朝、私が、ひとり起きて朝飯をたべていると、ニノは目をさまして、間のドアをカリカリやる。ドアをあけてやると、ニノは私の前に座る。そして私たちは、さし向かいで、朝の食事をするのが、ならわしだった。

ニノは、「煮ぼし」などという日本語を解する学者猫だった。味覚も発達していて今度は牛乳、今度は何と、鼻で注文する。

このような、私たちのたのしい食事を、例のキズ猫は、いつのまにか、ガラス戸越しに毎朝見物するようになったのである。そして、時々、けっして声は出さないで、口をあけて、赤い口の中を見せて、訴える。まるで、アンデルセンの童話だ、と私は思って、心の中で、「マッチ売りの猫」というあだ名をつけた。そして、ニノのお残りを、ガラス戸の外に出して、勤めに出かけた。

こんな日が、しばらくつづいて、キズ猫は、私の足音をききわけるようになった。暗い庭の中を私が歩いてくると、どこからともなくとんで来て、コンクリートのくつぬぎの上にあらわれる。私は、うす寒い晩など、すこしたっぷりごはんをだしてやった。

そのうち、霜のふりかけたころ、東北の山で一しょに百姓をした友だちが、私のようすを見にきていく晩か泊ったことがあった。私が勤めから帰ってくると、友だちはひるま観察した猫の話を、私にして聞かせた。目がぱっちりしていて、顔がしもぶくれで、山に残してきたトムによく似ているとか、夜、犬か何かにいじめられると見えて、キズがきのうより大きくなって、足にもひっかききキズができているなどという話をするのだった。

私は、ひとり住まいだから、猫は飼いきれないからと、友だちにいった。私もたいへんだし、猫もかわいそうだ。キズがなおったら、だれかにもらってもらうから、家の中に入れるくせをつけないように、と私は友だちに注意しては勤めに出たのだが、ある日、帰ってくると、猫は、世にも満足げな顔をして、カーテンなど縫っている友だちのわきに座りこんでいる。その晩、猫は、外に出されてから、長い間、カリカリとガラス戸をひっかいていた。私たちは、

「もう少ししたらいくから、もう少ししたらいくから。」

とたがいの心をはげましあいながら、耳をふさいで寝ていた。

そのよく晩もおなじことだった。私は、となりの息子さんから、きいた話を思いだしながら、そのカリカリを聞いていた。いつか道に寝ているノラ猫の上に、霜がおりていたという話である。

「しかたがない。今晩だけ、入れてやろう。」

と、私はいった。友だちは、すぐ戸をあけた。

猫は、ひととびで、ぴょんと寝ている私の胸にとびのって、上から私の顔をながめて、ゴーロゴーロとのどをならした。

「この猫、飼い猫だったんだね。」

と、私はいった。これで、猫の運命はきまったし、私の運命もきまった。

友だちが帰ってから、私のいそがしさはいやました。私は、朝おきると、すぐ大きなやかん一ぱいにお湯をわかす。お湯のわくまに、前の晩の湯たんぽのお湯で顔を洗い、食事の用意。そのまにわいたお湯は、また湯たんぽに入れ、毛布にくるんで、ひるま、日のあたるテーブル

のすみにのせてこれに寄りかかっていれば、あたたかいよと猫に教える。猫と人間の食事がすむと、猫のきずにほうたい。食事のあとしまつ。身じまい。おきてから、出かけるまで一分のすきまもなく、手順もいつのまにか、お茶の湯のようにきちんときまってしまった。

猫は、いつのまにか、私に教わったかっこうで、湯たんぽによりかかりながら、私を見送るようになった。また、たまに駅へゆく途中まで送ってくることもあった。キズは、なかなかなおらなかった。私は、ほうたい代が高くかかってこまるといって、山の友だちにおこってやったことがある。

そのころのほうたいは、べろべろで、私が、まめに洗たくすると、二三度でよれよれになって、使えなかった。けれど、猫は、しごく幸福そうで、私が帰ってくると、ほうたいをひきずりひきずり（なくしていることも、ちょいちょいあった）出迎えた。

そのうち、年があけて、私は、半月ほどの旅に出た。るすのあいだのキズちゃん――いつのまにか、そういう名になっていた――のことを考えると、気が重くて、たまらなかった。旅から帰ってきたのは、寒い夜あけだった。私が家の木戸をはいったとき、あたりの家々は、まだ寝しずまっていた。私の部屋のカーテンのすみがちょっともちあがっていて、そこから、小さい猫の顔がのぞいているのが見えた。

そのときの猫の心が、すっかりわかったとは、私はいわないが、キズちゃんは、木戸から出ていった人間は、木戸から帰るということを、つゆ疑わずに、ひまさえあれば、そこからのぞいていたのだというように、私には思えたのである。同居の人が入れてくれた湯たんぽは冷えきっていて、キズちゃんは、そこに寝たふうも見えなかった。

長い間かかって、キズちゃんのキズは、まわりからだんだん毛がはえはじめ、まんなかの、深く食いとられて、毛根までなくなってしまったところだけが、ほそ長いハゲになった。

いつまでキズちゃんでも、かわいそうなので、私は、かの女をキヌと改名させた。ズの字のニゴリの点をとって、ななめの棒をちょっとのばしていただけばいいのです。と、私はキヌの知りあいに話して歩いて、得意だった。

いまでも、キヌは、ほとんどなかない。はじめのうちは、さすらいの旅の間に、声を泣きからしてしまったのだと思っていたら、いつか私のあとを追って出て来て、大声でなきたてたので、びっくりした。恋人と話すときも、いい声でなく。おどろくほどまぬけで、ネズミもとれない。かの女にできることといえば、ひとりの人間を信じて、けっして疑わないことである。

私は、夜中によく、キヌに胸の上に座りこまれて、苦しくなって目をさます。キヌは、ふとんの上から、大きな目でじいっと私を見おろしている。それで、キヌに、また名まえがふえた。イノウエキヌ子さんというのである。私は、

「イノウエさんになってはいけないよ」

といって叱るが、その重さは、キヌの愛情の重さだと思っている。

野口英世博士の伝記「ノグチ」を書かれたエクスタイン博士は、博士の飼われたハトの話のなかに、「ハト」（博士は、そのハトに日本語のハトという名まえをつけていた）が、愛情に目ざめた瞬間、人間になったと書かれている。私は、このごろ、よくその話を思いだす。私たちをとりまくうそ、にくしみが、人間を機械か人間以下のものにしてしまうのではないかと、考えさせられるようなときや、キヌに胸の上に坐りこまれるときに、私は反省させられ、思いだしてしまうのである。

石井桃子

猫のことなど

梅崎春生

私の家にカロという名の猫がいて、どういうわけか我が家の愛猫はみんな短命で、死にかわり生きかわり、現在のところ四代目であるが、先年小説のタネに困ったわけではないけれども、この猫のことを小説に書いたことがある。

どういうことを書いたかと言うと、単に飼い猫の生態のみならず、飼い主たる私とのかかわり、猫の所業に対する私の反応、そういうものを虚実とりまぜて、デッチ上げと言い過ぎになるが、とにかく一篇の小説に仕立てて某雑誌に寄稿した。この某雑誌というのは巷間言うところの中間雑誌なるものであって、それに寄稿したからには私のこの小説も中間小説ということになるだろう。それでまあめでたく原稿料も引替えに貰った。そこまではよかった。

それからいよいよその号が発行されて一箇月ばかりの間に、私はこの小説について、読者から数十通のハガキや手紙を貰った。こんなに手紙を貰うことは、私には未曾有のことである。

編集部気付のもあるし、直接私宛てのもあるが、内容の趣旨はすべてほとんど同一で、私に対する非難、攻撃、訓戒、憎悪、罵倒というようなのばかりである。猫を飼うのはいいが、その猫をあんなにいじめるとは何事か。蠅叩きで猫を打擲するとは言語道断である。以後お前の小説は絶対に読んでやらないぞ首をくくって死んでしまえ。大体そういう趣旨のものが多かった。遺憾なことには賞めて来たのは一通もない。

世上に猫好きが多いことは知っていたが、こんな具合のものであるとは初めて知った。その数十通の大部分は、読後直ちに怒りに燃え上り、ぶっつけに手紙に書いたもののようで、字も乱暴だし文体も乱れていて、それだけにかえって迫力があり、怒りのメラメラが直接感じられたようである。私の猫の飼い方を分析し批判し、そしてじゅんじゅんと訓戒を加えた静岡県の一主婦の手紙、冷静なのはこれ一通だけで、あとは多かれ少なかれ情念における乱れが充分に認められた。

宛名も私の名だけで様や殿をはぶく、亢奮のため書き落したのか、尊敬する価値なしとことさら省略したのか、そんなのが総通の四分の一をしめている。

それから切手を貼ってないの、文章で精神的打撃を与えるだけにあき足らず、物質的打撃をも与えようとの魂胆なのであろう、そんなのがやはり手紙の四分の一ばかりもあった。

以後お前の小説は読んでやらないぞ、というのはほとんどのキマリ文句で、これはもちろん私への個人的嫌悪の表白であろうが、これは読者というものは小説を読む時、その心底に『読んでやるぞ』という意識がどこかわだかまっていて、それがこんな場合には『読んでやらないぞ』という形で出て来るのだと解釈出来なくもない。しかし私たちが、たとえばドストエフスキイや魯迅や森鷗外を読む時、『読んでやるぞ』という意識があるかどうか、これはおそらくないであろう。するとこれはその作家の質によるということになる。この解釈はすこし私には面白くない。

また『以後読んでやらない』ことによって、私に精神的打撃を与えようというのは、読者というものがなければ作家は成立しない、そういう暗黙の自覚が彼等にあるせいであろう。たとえばサカナ屋などでつっけんどんな応対をされて、もうあのサカナ屋でサカナなんか買ってやるものか、そう決心するのにも似ている。

それならばその雑誌を発行した雑誌社に文句をつけたらいいではないか。そう思って問い合わせて見ると、その編集長宛にも二通か三通かごく少数ではあるが、あんな小説をのせるのなら以後お前の雑誌は買ってやらないぞというのが来ていたそうだ。それの方が本筋だ。

しかし嫌悪と怒りに燃えてすぐ手紙を書いたのが数十人、不快を感じたが手紙は書かず以後読んでやらないぞと心だけで決めたのが、その潜在人数を仮に十倍だとして見ると、つまり私はこの小説のために数百人の読者を失ったということになる。ただでさえ少ない私の読者の中から、数百人にゴソリと脱けられてはたまったものでない。私はすくなからずガッカリ、快々としてたのしまず、思いあまって編集者に相談して見ると、

「大丈夫ですよ。こわいもの見たさで、読まないと言ったって、次の作品が出たら飛びついて読みますよ」

と言ってくれた。

しかしそう言って呉れただけで、読んでいるという確かな証拠はない。

以後読まないと宣告したからには、やはり彼等はこの文章をも読まないであろう。とすれば呼びかけようにも呼びかけようがない。

大体猫を溺愛するような人間には、偏狭でエゴイストが多い。私が知っている限りはそうであるし、ある程度の理由づけも私には出来る。しかしその理由づけをここで書いても、猫びいきから直ちに反証をあげられそうな気がするから、やめとこう。

しかし猫がいじめられる小説を読み、憤然と抗議の手紙を書くなんて、少々常軌を逸していると は思わないか。でも、そういうところが猫マニヤの変質性と言えるのかも知れないが。

彼等にとっては、猫が全世界なのである。全世界とまでは行かずとも、半世界ぐらいは猫にしめられているらしい。

世上の小説を見渡すと、大体が人事のあつれきを主題としていて、つまり人間がいろんな苦

難にあう、すなわち人間が環境其の他にいじめられる話が多いのだが、それに対して人間好きがヒュウマニズムの立場から抗議したという話はあまり聞いたことがない。だのに猫を書けばネコマニズムは直ちに抗議をする。変な愛情もあればあったものだ。

そんな奇妙な愛情を私はわが愛猫には持たないが、しかし私は猫を好きは好きだ。好きだからこそ飼い、かまい、そしていじめる。関心を持つということは愛情の第一歩であり、居直って言えば、かまったりいじめたりするのが私の猫への愛情である。

世にサカナ好きというのがあって、これは魚類を愛撫したり溺愛するのではなく、鋼鉄のハリを魚のアゴにひっかけて釣り上げたり、切りきざんで刺身にしたり、火あぶりにして焼魚にしたり、そしてそれらを食べることを大好きな人種のことを言うのであって、これが正常のサカナ好きなのである。

しかしここで私は私の同業者に警告しておくけれども、猫や犬を小説に書く場合は、ことにそれを中間雑誌や大衆雑誌に発表する場合は、あまりいじめるような筋にしない方がいいと思う。読者がてきめんに減るからだ。どうしてもいじめねばならない場合には、そのいじめた人間は最後に崖から落ちて大けがをするとか、首をくって死ぬとか、キチガイになるとか、そんな具合に因果応報のつじつまを合わせて置くべきである。その手続きを怠ったばかりに、私は数百の愛読者をうしなった。

その後その同じ雑誌から注文を受けて、今度はセミの話を書いた。

ネコだのセミだの何時も鳥獣魚介の類ばかり書いているようであるが、別段人間を書くのに飽きたわけではない。まったくの偶然であるし、時には私も動物のことを書いて見たいのである。動物だからまだいいだろう。これがも少し枯淡の域に入れば今度は植物を書くことになるだろう。そこを突き抜けるとあとは鉱物だけということになる。小説も鉱物となればもうドンヅマリで、全然動きがとれない。動物あたりを書いている分には、一朝ことあれば何時でも人間に引返せる。そういう自信と計算は私にチャンとある。

で、セミの話は前のにこりて、いじめの要素は極度に排除した。一箇所いじめが出て来るけれども、そのいじめの当人は私ではなく、ある老婆という仕組みにしてある。私という人物はセミは楽しみにとらえることはとらえるが、直ぐににがしてやるという、私小説の形式をかりたフィクションなのである。

さすがにこれには抗議の手紙は一通も来なかった。もちろん賞賛の手紙も全然来なかったけれども。

私小説形式のフィクションと言えば、前述のネコ小説もそうなのであるが、読者は全然それを実生活とイクォールとして受取っているらしいことは、抗議の手紙の殺到でもわかる。これは大変重要なことである。

すなわち私小説という形式だけで、私はほとんど努力せずして読者に多大のリアリティを確保していることになる。これを三人称で書けば、リアリティだの効果だのに大苦労をするところだ。

これは勿論明治以来、我等の先輩がルイルイと私小説をつみかさね、そして読者にそういう訓練をして来たためである。私にとってはこれは言わば貴重なる天然のボウ大なる埋蔵資源みたいなものだ。これを利用せずして他に何を利用することがあるだろう。

そこで私小説の形式、一人称、主人公は自由業という設定さえつくれば、あとはどういうウソッパチの荒唐無稽を書いても、読者の方は実生活とイクォールととって呉れるから、リアリティの確保に苦労することはない。ひとつこれから以後それでやって見よう。

もっとも今の私小説作家も、全然イクォールではなく、ちょっとずつはウソを入れたり歪めたりしているのだが、形だけは私小説で内容はオールフィクションというのはあまり無いようである。

しかし私にならって皆がこれを始め出すと、読者もバカではないから段々にからくりを見破って、信用しなくなるかも知れない。そうするとリアリティは全然うしなわれる。それでは困るから、このやり方は当分私の専売特許として置きたいと思うが、まさか特許局に願いを出すわけにも行かないので、とりあえずこの一文をもってその特許の確認にかえることにする。

梅崎春生

白い猫

石垣りん

いまとなって
与えられたものを食うな。
いつも油断なく身構え
人の目をうかがい
そのスキをすばやくはかり
奪いとって食う。
お前は身を寄せてこない。
およそ愛らしさなど寸分も持ち合わさず
やせ細り
夜の露地裏で足をなめている。

背中は北アルプスのように尖っている。
月が背中にかかる。
生まれたときからのノラネコ
白い毛並みという毛並みを汚れるだけ汚し
人間をにくんで。
お前に手など藉《か》すものか。
お前はうつくしい
うつくしいメスだ。

（「白い猫」）

私は猫好きです。なぜそうなったのかな、と考えます。小学生のころ家に一匹の猫がいました。名前はアメリカ。隣に住んでいた新聞記者がアメリカへ転勤になったとき、それまで飼っていた猫を私の家へ残して行ったのが、名の由来のようでした。どうやら私より年が上であるらしい、黒茶オレンジのまだら猫を、よく抱いて寝ました。

私が十歳ぐらいの時に死んだのですが、死に際に何回か頭をもたげて挨拶をした、と祖父は家の者に語りました。そのころ東京の赤坂に住んでいましたが、近くに寺の多い場所で、その墓地の小山の片隅にアメリカはこっそり埋められたはずです。今ならそんな埋葬は出来ないに違いありません。

戦争の末期、空襲で家を焼かれたあと、私達一家は品川区の露地裏にある小さい長屋に移りましたが、「お宅の縁の下で、猫が仔を生んだようですよ」などと近所の人が知らせてくれる、ノラ猫の多い土地でした。

「白い猫」はその中の一匹で、詩に書いた通りの貧弱なヤセ猫でした。事実は事実でしたが、その後の状況は少し違って、私が手を藉すのが先か、猫が敵意をひるがえしたのが先か、よく台所の外へ来て残飯など食べるようになりました。しまいには夜更けに私が電灯をつけて机に向っていると、ガリガリ板戸をひっかいて呼ぶようになりました。冬の真夜中、猫に呼び立てられて戸を開ける、飛び込んでくる、膝に乗せる、するとまるくなって眠ってしまう。その安心しきった寝姿がいじらしくて、しばらくはじっと板敷に座り込んだまま猫とつき合っていたものでした。

やがて白い猫はいなくなり、私も大田区へと引越して来ました。

半年ほど前のことです。私鉄沿線の土手沿いに一本の坂道があり、片側に商店が軒を並べている、その道路上で交通事故に遭ったという猫が、駐車している自動車や自転車の間を何度も転げながら、狂ったように歩き回っているのを見てしまいました。軒下から店の人が何人か猫に目をそそいでいて、通行人が驚いて立ちどまると、誰からともなく説明しています。私もそれで事情を知ったのですが。

　傷は無残なもので、片足を轢《ひ》かれ、尻尾の先が千切れて血まみれです。顔見知りの小学生の男の子が来て、私と一緒にしゃがみ込むと、猫に近い高さに身をかがめ「お医者に連れて行ってやりたいけど。僕貯金あるんだけど。下ろせないんだよなあ」ぽつり、ぽつりつぶやきました。それは私が胸算用していることと同じでした。店の人の「もう助からないだろうねえ」という言葉を後に、私はそこを離れました。

　先日、親類の法事で伊豆へ行ったとき、墓地で一匹の猫が道の先を横切って、ふとこちらを見返りました。その長い尻尾の一部分、毛が抜けたように細くなっていてハッとしました。交通事故の猫の尻尾が目に浮んだからです。私はもう猫が好きだ、とは言うまいと思いました。

優雅なカメチョロ

室生朝子

犀星は毎夏、七月一日から九月末まで、軽井沢の家に行く習慣があった。それは高原に人が集まる前に、静かな山の雰囲気を楽しむためと、七月早々に鳴きはじめる降るような春蟬《はるせみ》の声を聞くことにあった。

母は疎開《そかい》生活をきりあげて東京に帰ってからは、二度と軽井沢には行かれなかった。したがって犀星を軽井沢に送り出してのち、私と母は東京で留守番をしなくてはならなかった。

一年に一度の犀星の留守は、母や私たちにとって、ほっとする息ぬきの毎日であった。それは犀星が、一日一日を、時間的に規則正しく几帳面《きちようめん》な生活を送っていたからである。

たとえば食事の時間も五分とは違わぬ毎日を送っていたから、その緊張感がとけた日々は、猫たちまでが解放的になり、日頃は足もふみいれぬ犀星の書斎にまで入りこみ、部屋中をかけめぐり、庭にとび出し、太い松の幹《みき》で爪をとぐのであった。猫たちのそのようなありさまを、私たちは「運動会」と呼んでいた。

犀星が在宅の時には、猫たちが松の幹《みき》に向かって背中をのばしたり、爪をとぎはじめると、ただちに犀星の「タータ」という叱声《しっせい》が、とんで来るのである。「タータ」は「コラ！」という意味で、猫を叱《しか》る時の犀星の独創語であった。それは松の幹の鱗《うろこ》が落ちて樹木が可哀想だ、という思いがこめられていたため、庭に数多い樹木がありながら、猫たちはおおっぴらに爪もとげないありさまであった。

犀星は、馬込と軽井沢の家のほかの所では、仕事が出来ない人であった。

昭和三十三年の夏、犀星は例年の如く、軽井沢へ向かった。私は二週間だけ、滞在することが許されていた。

ある日の昼近く、軽井沢の家を手がけた大工の棟梁《とうりよう》の小須田《こすだ》が、小さい段ボールをかかえてやって来た。彼はひと夏に何度か、家の見回りにやって来るのが常であった。小須田が茶の間で段ボール箱をあけると、中には小さい仔猫がきょとんとした顔で、座っていた。

「先生、夏のあいだ淋しいだろうから、この猫と遊んで下さい。うちの三毛猫の仔猫です」

と小須田は言った。

その猫は、目玉が丸くて大きく、お腹《なか》は白いが雉子虎《きじとら》の模様《もよう》がはっきりしていた。そのうえ、尻尾は長く、縞《しま》もくっきりとしていた。犀星は日ごろから、

「猫は尻尾が長くなければならない。尻尾の短い猫は全身がだらしなく見える」と言っていた。たしかに、犀星が可愛がった猫たちは、どれも長い尻尾の持ち主ばかりであった。

この雉子猫はおとなしい性格だったのだろう、その日の午後から犀星になついて、まるで、うちで生まれ育ったような振る舞いをはじめた。なんといっても小さいし、体も軽かったから、犀星の仕事中、机の角にのったり、食事の時などは脇息《きようそく》にとびのって、犀星が口へ運ぶ食物をじっと見つめていたりした。

犀星の机は紫檀《したん》の大形のもので、一本のペンと原稿用紙と、猫の姿の黒い鉄の文鎮《ぶんちん》のほか、ほこりのかけらもなく磨《みが》きあげられて、顔が映るほどであった。だから猫がのれば、爪で傷がつくことを心配する筈なのだが、この仔猫にかぎり叱ることもしなかった。

犀星が庭に出ると仔猫も後《うし》ろについていって、五センチほどもある深い杉苔《すぎごけ》の根を分けて、苔の中を泳ぎ回わるようにとびはねていた。だからなかには根元ちかくから、折れてしまうものもあった。

庭にはたくさんのトカゲがいて、素早《すばや》く動き回わっては強い陽の光をあびて、苔の中で蒼《あお》く銀色に光った。

犀星はトカゲが美しいと言ったことがある。信州ではトカゲのことを「カメチョロ」と呼ぶのだそうである。その夏、家にいたお手伝いさんの恵美《えみ》ちゃんは、長野県の上田の生まれであったので、この愉快《ゆかい》な呼び名を、犀星に教えたのである。仔猫は苔の中をとび回わる姿がトカゲによく似ているから、「カメチョロ」と名付けられた。猫らしくない、呼びにくい名前であった。

カメチョロは、ひと夏中、犀星に可愛がられ、客たちにも愛された。

一日一日と成長するにしたがって、カメチョロの毛は長くのびた。棟梁は時たまカメチョロの様子を見に来て、

「カメチョロと一緒に生まれた全身鼠色《ねずみいろ》の雄猫も、やはり毛が長くなって来ました」

と言った。

私たちは親猫がごくありふれた三毛猫であるのに、カメチョロはなぜ長毛になって来るのだろうか、と不思議に思った。

九月三十日に、犀星は軽井沢での三ケ月の生活を終え、帰京した。カメチョロは夏だけ借りる約束であったので、小須田に返して来たのである。

帰京して暫《しば》らくの間、犀星はカメチョロの話をしていた。カメチョロはよほど気にいった猫であったらしい。

そして一年が過ぎ、また新しい夏がやって来た。例年通り犀星は、七月一日に軽井沢に向かった。

荷物が片づいて落ち着いたころ、棟梁の小須田は、去年よりも大きい段ボールの箱を、自転車に積んでやって来た。

茶の間に箱を持ちこんだ小須田に、犀星は、

「君、それはなにかね」

と言った。

箱の蓋《ふた》をあけると同時に、待ちかまえていたように、大きな猫がとび出して来た。そして部屋をぐるりと見回わすと、すかさず犀星の傍により、体をすりつけて喉《のど》をゴロゴロ鳴らした。

犀星は驚き、猫を見つめながら、

「カメチョロか、キミは」

と言ったと思うと、猫は「ニャーン」と大声で返事をした。小須田は、

「先生、今年も遊んでやって下さいね」

と言って帰って行ってしまった。

カメチョロは、一年間も会わなかった犀星を、しっかりと覚えていたのであった。家の中をゆっくりとひと回わりすると、カメチョロは前の年と同じように脇息《きょうそく》にとびのったが、成長し

たため横になって寝ることは出来なかった。カメチョロは行儀《ぎようぎ》よく、脇息の中央に姿勢を正して座った。尻尾はきちんと巻いて、前足の先の方までのびていた。

しかし、猫は家につくというから、犀星は、カメチョロが小須田の家に帰りはしまいかと、気にしていた。

その後、カメチョロは座布団に対角線に寝かせると、尻尾だけ座布団からはみ出るほど大きく立派に成長した。尻尾はお坊さんが使う払子《ほっす》のようにふさふさとして、手や足の豆の先には、一センチほどの短い毛が勢いよく生えて、仔猫の時にはよくわからなかったのだが、カメチョロにはあきらかに、ペルシャ猫の系統がまじっていた。

その夏のカメチョロの毎日は、優雅《ゆうが》なものであった。まるで十年も犀星の家に住み馴れているように、ふるまっていた。

軽井沢の家の庭には、大きいもみじの木が下枝をはり出していて、その下に杉苔がびっしりと生えていた。犀星はその杉苔の中央の畳半畳ほどの楕円形《だえんけい》の部分に、砂をうすく敷いて湖と見なしていた。

犀星はこの砂の湖を「洞庭湖《どうていこ》」と称していた。毎朝、洞庭湖に落ちた木の葉を指でつまみ、箒《ほうき》の目をきちんとつけて、うっすらと水を打つのが日課となっていた。その洞庭湖に、「赤腹《あかはら》」という、お腹が紅《べに》と橙色《だいだいいろ》をまぜたような美しい色をした、嘴《くちばし》の大きい中形の鳥がよくとんで来た。赤腹は、「ピヨ！　ピヨ！　ピヨ！」と二度目のピヨに強いアクセントをつけて、快《こころよ》い声で鳴いた。姿も声もいいのだが、比較的イタズラ者で、犀星の大切にしている杉苔の上を、チョン、チョン、と歩きながら、大好物のミミズをひっぱり出し、洞庭湖に放り出して、二度、三度つっついてから、再びくわえて飛び立って行くのだ。杉苔にとっては、根元から折れたりするので、大敵である。そしてそのあとの洞庭湖の砂の表面は、赤腹の細い足跡で乱れてしまっていた。だから犀星は、赤腹が庭に下りて来るのを見ると、例の「ターダ」を連発した。

カメチョロは、ときどき間違えて、洞庭湖で用を足した。体の大きいカメチョロが用を足したあとは、砂が広くシミになってしまう。そのままにしておけばよいのだが、猫の習性で用をすませると、あと足で砂をけりあげて、そのシミをかくした。そのため、一尺四方ほどの砂が、凸凹に乱れてしまうのである。犀星は、赤腹に対しては「ターダ」を連発したが、カメチョロにはまことに甘い人であった。

九月末、犀星の帰京の日が近づいて来た。

留守番の私は、月末がちかくなると、家のすみずみまで磨きあげるために、心忙しく毎日を立ち働いていた。

犀星が年齢を重ねて来ると、周囲の人たちは私に、「なぜ、軽井沢まで迎えに行かないのか」

「犀星を一人で汽車に乗せるのは危いのではないか」などと気づかって言うが、犀星は私に、「迎えに来てくれ」とは、決して言わなかった。それどころか、犀星は毎年、荷物を一個も持たず、夏中楽しませてくれたこおろぎやすいっちょを三、四匹、竹の虫籠《むしかご》に入れて、それを白い大判の麻のハンカチーフで包み、右手にはステッキ、という軽装で軽井沢から帰って来るのである。だから私は、上野駅まで出迎えればよかった。犀星は、「どこに行くにも私と一緒だと、そのうちに一人では外出出来なくなる」と言っていたし、お供を連れているとジジくさく見えるのが、嫌いであった。

その年の九月の末の三日前に、軽井沢の犀星から電報が来た。どれほどの急用か、病気にでもなったのか、と私は心配であった。

「ネコ、ジョウキョウス、ムカエタノム」

二人のお手伝いさんと掃除《そうじ》の最中《さいちゅう》であったので、私は困ったが、誰かを軽井沢まで行かせなければならなかった。ネコというのはカメチョロのことで、犀星は、おそらく夏中、可愛がりすぎて、小須田に返すことが出来なくなるほどに溺愛したのであろう、と私は思った。次の日私は、軽井沢にお手伝いさんを向かわせた。

翌々日、カメチョロは犀星よりひと列車早く、大きな木箱に入って、お手伝いさんに連れられて上京した。犀星も夕方遅くに、例年通り、虫籠を提《さ》げて元気に上野駅に下りた。

「カメチョロはどうしているかね」

と言ったのが最初の言葉であった。

家に着いた犀星は、家人を茶の間に集めて、ひと夏の留守番のねぎらいの言葉を言った。

「急にカメチョロを連れて来ることになったのだが……カメチョロはわしの猫だからわしが世話をする。皆はかまわんでもいいよ」

とはっきりと宣言した。

私はこの言葉の意味を考えながら、お手伝いさんと目を合わせた。明日からはカメチョロに関しては、いろいろと複雑なことになりそうだと思った。

台所をあずかっている私は、次の日から食事の用意のたびに用事が増《ふ》えた。

犀星は、朝食と昼食を丸くて大きいお盆にのせ、机の上に古代裂《こだいぎれ》を敷いて、一人で食べるのである。夕食だけは家族と一緒だが、私たちは犀星の傍《そば》の四角いちゃぶ台で食べる習慣であった。それがカメチョロが来てからは、赤い小さなお盆に鯵《あじ》の水煮《みずに》や小皿に入れた牛乳や、時には生玉子一個などを、カメチョロのために運ばなければならなかった。犀星が言った言葉の意味は、自分のすぐ傍《そば》で、料理のひと品、ひと切れを与えるということだったのである。犀星自身が、鯵を買って来て煮るなどということは、不可能なことであった。

猫は台所のきまった場所に、食事を作って与えておけば、好きな時に食べられるし、台所をあずかっている者にとっても、一番手軽な方法なのである。

人馴つこいゆったりとした性格のカメチョロは、家族にも家にも馴れ親しみ、時たま、裏の石垣から庇《ひさし》にとびのっては、家の大屋根の上をのんびりと歩いていた。犀星はその姿を庭から見上げ、

「まるで王者の姿だ」

と、至極満足気《しごくまんぞくげ》であった。

天気のよい日には、犀星は庭の縁台《えんだい》の上にカメチョロを連れていって、軍手《ぐんて》をはめ、ブラシ替わりに体をこすってやった。先ず最初に、頭や背中を撫で、顔をあげて顎《あご》の下をこする。カメチョロをあおむかせて白いお腹をこすり、最後は太い手足を一本ずつ、ていねいに撫でてあげるのである。それはカメチョロの長毛にブラシをかけるなど、犀星にはとうてい出来ないことであった。だがカメチョロは、はじめこそいやがっていたが、二度三度とやってもらっているうちに、犀星が縁側《えんがわ》のつきあたりの棚から軍手をとって庭に下りるのを見つけると、犀星より先に縁台にとびのり、ごろりと寝るようにまでなった。

冬になるとガスストーブの前に、カメチョロは専用の大きい座布団をもらい、一日中幅広の白いお腹をだして、寝ているのであった。

十二月になって間もなく、カメチョロに恋愛シーズンがやって来た。どれほど遠くに行くの

かは知らないが、とにかく毎日出掛けるようになった。だが、夕方には必ず戻って来た。犀星は昼間いないカメチョロに、夕食後、言葉多く呼びかけ、背中をなでたり鬚《ひげ》をひっぱったりして、可愛がった。

ある日、カメチョロは、急に食欲がなくなり元気を失い、だるそうに寝てばかりいた。そして次の日、カメチョロの表情が普段と少々変わっていた。私はゆっくりとカメチョロの顔を見た。いつもは暖かなピンク色の鼻が、うっすらと黄色くなっていた。そして次の日には歯ぐきが真黄色になり、翌日は、毛を分けてみると、地肌が一面に黄色くなっていたのである。たしかに正常な状態ではなかった。

さっそく山手先生に往診《おうしん》をたのんだ。

カメチョロは黄疸《おうだん》にかかっていたのである。先生は、

「遊びにいった先の雌猫から貰った黄疸でしょう」

と言った。

連日あらゆる方法で治療《ちりよう》をしたが、よくはならなかった。

暮れの二十六日、カメチョロが気がかりではあったが、犀星は外出の約束があった。出がけに犀星は、玉子の黄味をスプーンですくい、カメチョロに食べさせた。カメチョロはひといきに舐《な》めてしまった。そして犀星の目を見て大きい声で鳴いた。食欲が出たということ

で、犀星は安心して出かけた。

だが、その日の夕方、犀星の帰宅を待たずに、カメチョロはついに亡《な》くなった。私はボール箱にバスタオルを敷きつめ、その中にカメチョロの遺体を入れ、たくさんの菊の花を供《そな》えて、家の中で一番冷たいところに一晩安置した。別れを何度もしながらも、私は辛かった。

その夜、犀星の寝室では、遅くまで灯《あか》りがともっていた。

それまでに、犬のクックが老衰《ろうすい》で死んだ時には、山手先生の紹介で、川崎の奥にある王禅寺の畜生墓地《ちくしようぼち》に葬《ほうむ》ったから、私はカメチョロを王禅寺に埋葬《まいそう》するつもりでいた。

次の日の朝、私は山手先生に電話をし、王禅寺へ運ぼうと犀星に言った。犀星は、

「君、カメチョロをそんな遠くに葬むるわけにはいかないよ。庭の杏《あんず》の木の下に埋めなさい」

と言った。

私はすぐに植木屋に使いを出した。

カメチョロは体が大きかったから、お墓は深く大きく掘らねばならなかった。私は小さいシャベルを持って庭に出て、掘り出された赤土の大きな塊《かたまり》を細かくくだいた。それは大きい土の塊が、カメチョロの遺体の上に覆《おお》いかぶさっては、重いだろうと案じたからである。

急に縁側の硝子戸の開く音がして、犀星が私を呼びながら庭に出て来て言った。

「君、カメチョロの遺髪《いはつ》を切ってほしいのだがね」

私は、犀星が手にしていた洋裁の裁《た》ち鋏《ばさみ》と一枚の奉書《ほうしょ》をうけとった。すると犀星は逆もどりして書斎に入ってしまった。家には一丁しかない裁ち鋏がしまわれている場所を、犀星はどうして知ったのだろうか、と私は不思議に思った。そして同時に、なぜ、私が最も悲しい儀式をとり行わなければならないのかと思った。私はいたしかたなく、カメチョロの弾力のなくなった雉子虎《きじとら》とお腹の白い毛を、涙ながらに五センチほどずつ切った。裁ち鋏の切れ味も悪いのだろうが、なかなか上手には切れなかった。

私は切ったカメチョロの毛を奉書で包み、黙って犀星に渡した。犀星は無言でうけとり、それを机の端にそっと置いた。私は再び庭に戻り、皆で手を合わせ、厳粛《げんしゅく》な埋葬《まいそう》の儀式を終えた。手を洗い私は静かに犀星の机のそばに座った。その時、机の端には、さきほどの白い奉書の小さい包みはもうなかった。犀星はどこかの引き出しに片づけてしまったらしい。昭和三十五年十二月二十六日であった。

犀星は、

「猫はもう当分飼《か》わないことにしよう。生き物はもうこりごりだ。疲れたね」

としみじみと言った。

軽井沢で生まれ育った猫は、東京へ連れて来てはいけなかったのだ。人間がいくら愛情を傾けても、弱い猫には空気の汚れが耐えられなかったのだろう。

「ほんとに可哀想なことをした」

と犀星は後悔と哀しみにひたっていた。

昭和三十四年の秋、母は亡くなった。

犀星は次の年の夏、軽井沢の矢ケ崎川のほとりに、自らの手で「室生犀星文学碑」を作った。そして碑《ひ》の完成と共に、疎開以来二度と軽井沢に行かれなかった母の分骨《ぶんこつ》を、碑の傍にある石の俑人《ようじん》の下に埋めた。納骨の時、犀星は小須田に手伝わせた。私も弟もなぜか同行しなかった。

その夏、私は例年通り、二週間だけ軽井沢の犀星のもとに行った。散歩などには滅多《めった》に私を誘わない犀星であったが、晴れあがった日の四時頃、

「君、文学碑まで行かないかね」

と言った。

文学碑までは、町を歩いて矢ケ崎川を渡るのだが、この日は、家から矢ケ崎川の川ぶちの、すすきや萩《はぎ》のしげみがすぐ足元までつづく、草の多い畑道を歩いていった。犀星はソフトをかぶり、ステッキを持ち、ほとんど無言であった。

石の俑人の前の水鉢《みずばち》には、一昨日私のいけた花々が、まだ美しく夕陽《ゆうひ》をうけていた。犀星は落ちている紙屑《かみくず》などを拾いながら、何気なくごく普通の会話を交わすように、

「わしが死んだらここに骨を埋めてほしい、そのために穴も大きく作っておいたからね」と言った。私は瞬間、どきりとしたが、この言葉は記憶しておかねばならぬ、と心に留めた。

昭和三十七年三月二十六日、犀星は肺癌《はいがん》のため世を去った。葬儀も終り諸事落着いた頃、私はフッと思い出した。犀星はカメチョロの遺髪を、どこにしまいこんだのだろうか。動物の毛であるから、もしも虫でもわいたら困る……と、私は気になって、犀星が日頃使っていた小箪笥《こだんす》類の引き出しを調べはじめた。どの引き出しも整理され、切手や葉書類、原稿を綴《と》じるためのこより、手紙類を切る小さい鋏などがあって、日常の犀星の几帳面《きちようめん》な性格が、生々《なま》しく残っていた。カメチョロの遺髪は、ついに見つからなかったのである。

夏が来た。私は犀星の言葉通り、分骨を文学碑に納《おさ》めるために、弟と二人で軽井沢に出かけて行った。俑人の下のコンクリートの目張りをとるために、私は小須田を呼んでおいた。陽ざしの強い朝であった。白磁《はくじ》の小さい壺を抱いて、私と弟は矢ケ崎川の二手橋《にてばし》を渡った。碑の近くまで来ると、人影が見え、話し声が聞こえて来た。それは偶然にも、川端康成氏と立野信之氏とある出版社の人であった。川端さんは、

「散歩がてら立野さんを碑に案内したのです」

と言われた。思いがけずお二人に見守られながら、私達は無事に納骨をすませた。

矢ケ崎川に沿《そ》って道路よりは低い長方形の土地であるが、鍵形に石垣を組み、その石垣の中に、黒御影石《くろみかげいし》の碑文《ひぶん》がはめこんである。そして碑文の隣には、長さ一間半、奥行き半間ほどの休み所が石で囲われて、木の腰かけがついている。碑を見に来た人が、山の急な夕立に会った時、雨やどりするためにと、犀星が設計したのである。そして長い土地の奥の方に一対《つい》の石の俑人が立ち、右側には花をいけるための苔むした小さい水鉢がある。俑人の後ろの石垣の前に、犀星の好きなかんぞうが、淡黄色《たんおうしょく》の花をたくさんつけていた。そしてかんぞうの葉の影に、石《いし》灯籠《どうろう》の宝珠《ほうじゅ》が、ひとつだけひっそりと置かれていた。宝珠は灯籠の一番上にのっているべきものである。私はなぜ、ここに置かれているのか不思議に思った。私は小須田に、

「庭に運んでちょうだい」

と言った。

ところが小須田は、

「去年、先生があそこになにかを埋めて、その目印のためにあの石を置いたのですよ。先生はいったい何を埋められたのでしょうね」

と言った。

小須田が不思議そうに言う犀星の言葉の意味を、私はすぐに理解出来た。

犀星が埋めたものは、あれほど軽井沢に返してやればよかったと言っていた、カメチョロの遺髪だったのだ。誰にも言わずに、わざわざ目印に宝珠まで置いたのは、愛した小さな生命に対しての、犀星の最大の供養《くよう》であったのである。

犀星の亡くなった三月二十六日と、カメチョロの死んだ十二月二十六日は、な、ぜ、か、日が同じであった。

▽猫がいない！

早稲田付近の猫（撮影・武田花）

迷い猫の広告

内田百閒

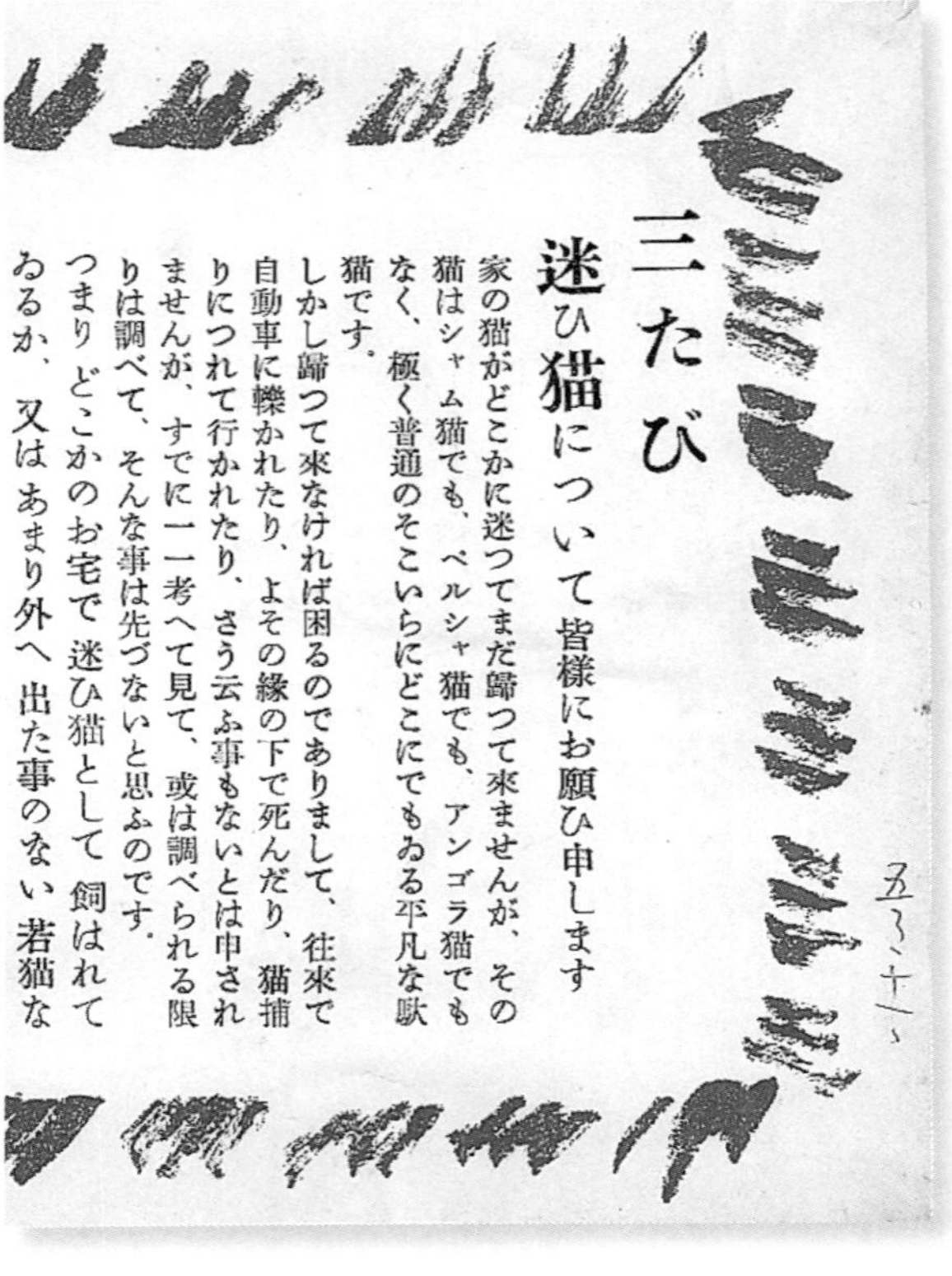

三たび

迷ひ猫について皆様にお願ひ申します

家の猫がどこかに迷つてまだ歸つて來ませんが、その猫はシャム猫でも、ペルシャ猫でも、アンゴラ猫でもなく、極く普通のそこいらにどこにでもゐる平凡な駄猫です。

しかし歸つて來なければ困るのでありまして、往來で自動車に轢かれたり、よその緣の下で死んだり、猫捕りにつれて行かれたり、さう云ふ事もないとは申されませんが、すでに一一考へて見て、或は調べられる限りは調べて、そんな事は先づないと思ふのです。

つまりどこかのお宅で迷ひ猫として飼はれてゐるか、又はあまり外へ出た事のない若猫なので、家に歸る道がわからなくなつて迷つてゐるかと思はれるのです。どうか似た樣な猫をお見かけになつた方は御一報下さい。お願ひ申します。

大變失禮な事を申す樣ですが、猫が無事に戻りましたら、心ばかりの御禮として三千圓を呈上致し度く存じます。

その猫の目じるし

1雄猫。2背は薄赤の虎ブチで白い毛が多い。3腹部は純白。4大ぶり、一貫目以上あつたが瘦せてゐるかも知れない。5顏や目つきがやさしい。6眼は靑くない。7ひげが長い。8生後一年半餘り。9ノラと呼べば返事をする。

電話33七二八六

（編集部注）溺愛していた飼い猫「ノラ」が一九五七年三月に失踪し、悲嘆に暮れた百閒は「朝日新聞」に迷い猫広告を出す。その後は約二週間ごとに五種類のチラシを印刷、百閒の住む麴町界隈で新聞の折り込み広告として配られた。広告で百閒はノラの目撃情報を募るとともに、「その猫の目じるし」として愛猫の特徴を列記している。

猫の帰らぬ時の心得

石田孫太郎

第1節　猫の帰らぬ時の禁厭

一、**猫の帰らぬ時の禁厭（その一）**　猫は家に親しむ動物で、吾輩の実験によっても生きてさえいれば必ず帰り、また一友人の猫の如きは一里半も距たったところへ携え行ったるに、六日目の後に帰って来たということであるから、大抵は家に帰るものであるが、もしいずれかに往って帰らぬ時には、そのいなくなった日を思い出し、暦を取り出してその日のところへ墨を塗れば帰って来るという。即ち三月十五日にいなくなったのならば、三月十五日のところに墨を塗るのである。

二、**猫の帰らぬ時の禁厭（その二）**　第二の法は、猫の食器をふせておけば、猫が帰って来るということである。

著者曰く、以上二法ともに実験せざれば保証が出来ない。

第2節　猫を家に落ち着かす法

一、**転宅の時に猫を落ち着かす法（その一）**　転宅をすると往々猫が去り行くものであるが、猫をその家に連れて行くとともに、水にて足を洗ってやると落ち着くという話である。しかしこれも保証が出来ない。

二、**転宅の時に猫を落ち着かす法（その二）**　実験によれば猫を連れて行って直ちにその座敷または房《へや》に卸ろさず、まず押入れの如きところに入れておく。かくする時は猫はその家の香《にお》いを嗅ぐことであるが、のち家道具一切片着いてから室《へや》へ出せば、その押入れと同じ香《にお》いがするので猫は安心して落ち着く、そして直ちに魚でも与えれば大丈夫である。

親愛なるコーちゃん

岡倉天心／大岡信 訳

一九一一年十月四日
東京

親愛なるコーちゃん

長らくごぶさたしたね――変りないかい。大洋を渡る白鳥が君の在所の知らせを運んで来たので、私も運命が君にやさしくしてくれたことを知って嬉しいよ。

君が去った時、私はとても淋しかったよ――君の夜ごとの散歩が懐しくて私の胸は痛んだし、君のうろつく姿がなくなってテーブルはにわかに広々としてしまったしね。たった今も私は君の写真を前にして書いているよ。君は世界中の猫を殺してしまった。だって君はただ一ぴきの

――唯一の私のいとしい猫だからさ。

最初のねずみはもう捕まえたかい。おいしかったかな。きっと、栗鼠《りす》を楽しく追いまわしているんだろうね。到達不可能なものを追求することには偉大な楽しみがあるものだね。君も私も、驚きこそが至福の秘密であり、理性と共に美わしきものの死もやって来ることを知っているものね。

陰険な雌猫どもとは親密にならん方がいいと思うよ――君を理解するふりをして、実はその眼にお似合いの爪を持ってるだけの、腹黒い連中だからね。雄猫どもと友情を結ぶのも慎重にやりたまえ――たとえ最上の手合いとでもね。連中は苦痛を通じて知り得たことしか君には教えちゃくれないよ。君は一切を喜びの門を通じて学ばねばいけない。勇ましくあれ。勇気こそが命の鍵だからね。決して卑下するな。君の誇り高き血統を、そして私の所へ連れてこられる前に、どなたの保護のもとにあったかを、考えたまえ。

コーちゃんや、淋しいかい。孤独は君や私よりずっとりっぱな人々に課せられた運命なんだよ。

元気でね、

君の友なる

覚　三

君にマタタビを少々送る。気に入ってくれるといいがね。

（編集部注）「コーちゃん」とは、岡倉天心がアメリカに滞在した際、イザベラ・ガードナー夫人から譲られたペルシャ猫「孤雲」のこと。天心は日本へ帰る時、孤雲を画家ダッジ・マクナイトに進呈したとされる。右の文章は、天心がガードナー夫人に読ませることを前提に日本から書き送った英文の手紙を、大岡信氏が翻訳したもの。

岡倉天心

雲

武田花

道の両側に広がる畑。その上を吹き渡る強い風の中を、自動車は走る。後部座席の窓を開け、首を突き出し仰ぎ見れば、ぴっかぴかな青空に、さまざまな形の雲がいくつもいくつも、あっちにもこっちにも浮かんでいる。

頭上遥かには、どどんと、ひときわ分厚く大きな雲が。楕円形を崩した形は、まるで猫のお腹だ。もくもくした具合も真っ白な毛だ。巨大猫のお腹の下をくぐっていく心持ち。

「く、く、くもちゃーん」

雲に向かって私は呼ぶ。小さなささやき声で。でも、心の中では思い切り叫んだのだ。旅先で知人の車に同乗させてもらっている身だから遠慮したのだ。

私「くもちゃーん、そこにいたのかーい、元気でいるかーい」

くも「死んでるから、元気でも元気でなくもないぞー。なんだかよくわかんないぞー」

巨大雲になって空に浮かぶくもは、そう答えた。と、同時に、私の両目からピッと飛び散る涙。うちの猫の名前はくも（雲）。去年の三月に死なれて以来、くもを思い出しては泣いている。情けない。

日本海の荒波がざんぶりと押し寄せる砂浜に立った。水平線に向かって、また猫の名を呼んでみる。でも、こんな明るい昼の海を、くもは怖がっていたっけ。波音にもおびえていたっけ。やがて陽が傾き、空も海も黒々と沈み、境目がわからなくなる。いつか一緒に夜の海岸に立った時のことを思い出す。

若い頃のくもは、私の留守中、家でウンコもオシッコもしないで待っていた。そして、帰宅した私の顔を見るなり猫トイレに飛び込み、砂を撒き散らし、雄叫びをあげながら大量に排泄するのだった。私を出かけさせないための作戦である。しかたなく、旅行にも連れて行くようになったのだ。

夜の海岸で、私の腕や胸に爪を立て、しがみついたまま、轟《とどろ》く波音に耳を立て、白い波頭だけがぼんやり浮かぶ闇の奥をじっと見つめていたくも。頭の毛や首のまわりの長い毛が冷たい海風になびく。時折ブルッと体を震わす猫を抱きながら思った。

お前の目には何が見えているのだ？

闇の奥に何を見て何を考えているのだ？

武田花

そんなに大真面目な顔しちゃって。きっと私と同じで、何にも考えちゃいないんだね、ただぼおーっとして見ているんだね。

あの夜の、くい込んだ爪の痛さ、ずっしりした体の重みを忘れない。

「歴史とか体験などは実際にその人の記憶に残っているひとにぎりの印象にすぎないのではないか……鮮烈に残っているものだけが人生の収穫ではないか……女たちは自分のまえを一度とおった男に、ちゃんと何かを捺印しておくべきだし、男も女たちに、何かちょっとしたオモミなり、かき傷をつけておくべきなのである」(小川徹著『父のいる場所』より)。

猫はちゃんと私に捺印を残して去った。

一日一度は、家の中で猫の名を呼び、びえーっと泣く。すると、すっきりする。

私「ただいまー、死んでるかーい」

くも「はーいー、死んでますよー。花ちゃん、いつこっちに来るんですか?」

私「早く会いたいけど……まだ生きる」

くも「じゃあ、寝て待ってる」

気がつくと、くものお化けと自分と、一人二役をやっていることも。独り言婆あだ。

旅先で空や海を眺めれば、くもはだんだん大きくなり、虎よりも雲よりも、更にはゴジラか奈良の大仏、更には大空よりも地球よりも何よりも大きな巨大猫となって、そこにいる。

武田花

「おっしー」を抱いて……／最期に見せた「奇跡」

三谷幸喜

「おっしー」を抱いて……

わが家の最長寿猫である、おしまんべ（通称おっしー）がこの世を去った。十九歳の誕生日の四日前だった。

妻が結婚する前から飼っていた猫だった。容体が悪化した時、妻は仕事で京都にいた。戻って来るのは数週間先。彼女が旅立つ時、帰って来るまで決して死なせはしないと、僕は約束した。

一切の食事を取らなくなったおっしー。毎日病院に連れて行き、点滴をしてもらう。先生の話では、腎機能はかなり低下しているが、病気ではないという。身体全体が衰弱している。いわゆる老衰。つまりもう治ることはないのだ。

おっしーは日に日に弱っていった。動くこともなくなり、一日中クッションの上でじっとしている。まるで、静かに「その時」を待っているかのようだった。

三月の末、撮影の合間に妻が一日だけ帰宅することになった。今、新幹線に乗ったと連絡を受けた直後、おっしーの様子に変化が起こった。

気付いたら、いつもの場所にいない。家中を探しても見つからない。猫は死期が近付くと姿を消すという。いよいよその時が来たのか。押し入れの襖《ふすま》が十センチほど開いていたので、恐る恐る覗いてみると、畳んだ布団の隙間でおっしーは寝ていた。

既に旅立ちの準備は整えた、安らかな表情だった。出来れば妻に看取《みと》らせてやりたかった。ぐったりしたおっしーを抱きあげ、「もうちょっとだけ頑張ってくれ」と声を掛けた。おっしーは腕の中で、(今逝くとこだったのに)とでも言いたげに、迷惑そうに僕を見た。彼にしてみれば、ゆっくり一人で死にたかったのかもしれない。

それがいいことか悪いことか分からなかったが、僕はおっしーを抱いて、赤ん坊のようにあやした。今度眠ったら終わりだと思った。頼む、おっしー、あと少しだけ生きてくれ。あやしながら涙がこぼれた。我が家の他の動物たちも心配して集まって来た。家中に緊張した空気が立ち込めた。これはよくない。なんとかおっしーに迫る「死の影」を追い払わなければ。

空気を変えようとテレビをつけた。バラエティー番組の底抜けの明るさは、さすがにこの状況にはそぐわなかった。何かＤＶＤを観ようと思った。こんな緊迫したシチュエーションに、もっとも相応しい映画は何か。真剣に悩んだ末、「トムとジェリー」を選ぶ。アニメのコメディーは、もっとも「死」のイメージから遠いし、何も考えずに楽しめるので僕にとっても気分転換になる。なにより主人公は猫である。

それから三時間あまり。僕は瀕死のおっしーを抱えて「トムとジェリー」をぼうっと眺めた。眠りかけるおっしーに声をかけ、ひたすら励ました。やがて妻が帰宅。なんとか生き延びたおっしーを、僕は妻に引き渡した。

おっしーは、妻の姿を見て安心したのか、そのまま彼女の腕の中で息を引き取った、と言いたいところだが、そこが現実の不思議さ。妻に会えた嬉しさのせいか、僕が長時間あやしていたせいか、おっしーは完全に息を吹き返した。結局彼はそれから一週間生き続ける。

最期に見せた「奇跡」

わが家の十八歳の猫おっしーがいよいよ危篤状態に陥った時、仕事で京都へ行っていた妻が一旦、帰って来た。ほとんど意識がなかったおっしーは、もう駄目だと思っていた僕らの予想を裏切り、妻の顔を見ると奇跡的に一時回復した。

おっしーは妻が結婚する前から飼っていた猫。つまり僕よりも二人の付き合いは長い。妻は朝になれば再び京都へ戻る。次に帰って来るのは半月後。妻とおっしーが一緒に寝られるのは、この夜が最後だろう。

既に体力がほとんど残っていなかったおっしーは、自分で布団に潜り込むことは出来ない。妻はやせ細ったおっしーを抱いて、そっとベッドに入った。朝になったら妻の腕の中でおっしーが冷たくなっていることを、僕はそっと望んでいた。最愛の人の腕の中で世を去る。おっしーにとってそれが一番幸せな最期であるのは間違いないのだから。

実は少しだけ淋しかった。おっしーが一切の食事を取らなくなってから、僕は一人で彼を看病した。特にこの数日は、寝ながら胃液を吐くので、その度に拭いてやらねばならず、深夜もつきっきりだった。

どこか自分の中で、妻の猫というイメージがぬぐい切れなかったおっしー。それがこの数週間で、ようやく本当の家族になれたような気がした。僕はほとんどの仕事を中断し、おっしーと二十四時間向かい合った（関係者の皆さん、ごめんなさい）。僕らは濃密な時間を過ごした。それだけに彼が最期の時を妻の腕の中で迎えようとしている時、僕は軽く嫉妬してしまったのだ。もちろんそれが一番幸せな形であることは分かっていたが。

結局、その夜もおっしーは持ちこたえた。しぶとい猫だった。翌朝、妻は再び旅立って行った。これが永久の別れになるのは間違いなく、彼女の気持ちを思うと胸が締め付けられた。

その日の夜のことだ。専用ソファでおっしーが眠りについたのを確認し、僕は仮眠を取るために自分のベッドに横になった。うとうとしていると、突然耳元で囁《ささや》くような鳴き声。目を開けるとそこにおっしーがいた。ほとんど歩けなかったはずのおっしー。彼は恐らくその最後の力を振り絞って、自力で僕のベッドまで這い上がって来たのだ。それは彼の精いっぱいの感謝の気持ちに思えた。涙が溢れた。

おっしーは当たり前のように腕の中に潜り込んで来た。そしてかつて毎晩そうしていたように、僕の股間に移動して眠り始めた。瀕死の猫を股ぐらに挟むという、かなり緊張感溢れる状況下で、僕は全身に幸せを感じていた。身動きがとれない中、天井を見上げながら泣いた。最期の場所としてそこを選んでくれたおっしーの粋な計らいに、心の底から感謝した。

朝になり、そっと掛け布団をめくってみる。おっしーはきょとんとした表情でこっちを見ていた。とことんしぶとい猫だった。

それから三日間、彼は生き続けた。そして僕が他の動物たちの晩御飯を用意しているわずかな間に、彼は眠るように息を引き取った。

三谷幸喜

黒猫のひたい

井坂洋子

今までに六匹の猫を飼い、うち二匹は人にあげて、一匹は家出した。残りの三匹は家で看取った。現在は、友人の忘れ形見である猫がいるのみである。

看取った三匹のうちもっとも長生きした黒猫のプー（享年二十一歳）のことを書きたい。

この猫が亡くなって二年半ほど経つ。その間に茫々と時が流れた。彼の骨壺はまだ冷蔵庫の上にのせたままである。そこが彼の寝心地の良い寝床だったからだ。

私が食器を洗っていると、横にある冷蔵庫の上から私をじっと見下ろして、水が好きなのか目をらんらんと輝かせていた。時々私の髪の毛を手のような前足でさわったりする。私が背伸びして冷蔵庫の上のプーに頭を突きだすと、プーはかがんで、私の顔に自分の顔をこすりつけた。〝すりすり〟する猫は他にいなかった。また、額をくっつけ目をつぶると、深閑とした闇が広がるようだった。他の猫とも試みたが、そんな感じはしない。

彼は、娘の中学校の校庭で黒いメス猫が産んだ子である。放課後に保健の先生が、誰かもっていってくれないか、でないと保健所に連れていかなければならないと、熱心に生徒一人一人に声をかけていったそうだ。たまたま校舎の裏庭で友だちと喋っていた娘の心がうごいた。家にやってきた、目が開いたばかりのその子は、黒い毛もまばらで手の平サイズ。哺乳ビンでミルクをやり、私が育てた。我が家の猫の第一号である三毛猫が母性的だったので、フンが出ないときは肛門をなめ、刺激して出してくれたりした。

終日、その三毛のあとを追って庭を駆けずり回っていたのだが、長じてはプライドの高い、文字通り高いところからあたりを睥睨《へいげい》するのが好きな猫になった。けれども神経質で、弱腰のところがあり、原っぱでノラのボスに遭遇すると、じりじりと後退しダッシュで逃げて帰ってくる。娘から「へたれ猫」というありがたくないあだ名を頂戴した。そのせいか無傷で、毛並みも美しく、日差しがあたると黒い毛の中に虹ができた。満月の夜、月を背景にしてブロック塀の上で前足をきちんとそろえて座っている彼の姿は、思わずあっぱれといいたくなるような、それは見事な絵姿だった。

たった一度の恋は、同じ黒猫。プーより柄が大きく、ふくよかで穏やかな相手であり、よく日中、庭の草むらに、並んで座っていた。エサを出してやると、プーは後ろに控えて、相手の猫だけがむさぼった。プーは、我が家に招いたという風情なのである。相手の黒猫も飼い猫で、小鈴をつけていたので、うちではスズちゃんと呼んでいた。プーが、スズちゃんの家に招かれ、ごちそうになることもあったらしい。しかしそれは、悲劇的なことに、スズちゃんが死んでしまったあとにわかったことである。

ある日、スズちゃんの家の奥さんから電話がかかってきた。奥さんは、スズちゃんが車にはねられて死んだことを告げてからこういった。

「おたくの猫ちゃんといつも一緒にいたでしょう。もしかしたら子どもができたかもしれないと思って。もし産まれたなら、うちに一匹欲しいのですが……」

こちらがそう思っていたように、相手もプーがメス猫だと思っていたようだ。スズちゃんは実は太郎ちゃんというオス猫だったことがそこでわかった。同性愛の猫というのがいるのだろうか。

スズちゃんこと太郎ちゃんがいなくなった数日後、プーは行方不明になった。太郎ちゃんを探しにいったのかもしれない。毎晩夜道を、娘と名前を連呼しながら歩き回った。諦めかけたころ、早朝にプーは帰ってきた。

「プー」

パジャマのまま飛びだしていった私を、警戒して瞬間身がまえる。それから、ああお前かというように、高い声で鳴いた。プーのいる、ゆったりとした日常が、何日かぶりにせきを切ったように押し寄せてきて、胸がいっぱいだった。よごれたプーをよごれごと抱きあげる。驚くほど軽くなっている。プーは興奮して鳴きつづける。暗い戸口のほうを振り返らず、私は階段をのぼった。

ソファの上にそっと置く。強制されることを嫌うので、たいていはいいなりにならないが、その時のプーはくったりと腹這いになった。目尻や鼻の下に黒い塊がこびりついているので、脱脂綿でぬぐってやると、血だった。古くなったものが黒く凝血していたのだ。

それから二日間、プーは眠りつづけた。それにまさる快楽はない。「天豆《そらまめ》ほどの頭脳」は私も一緒である。黒い額に私の額をつければ、しんとした回廊がつながった。そこには、あらゆる愛しい者の姿がおりこまれていた。

今は天国にいるのだろうか。

プーは、先に逝った三毛猫の何周忌かの日に、意識を失い、翌日に死んだ。姉貴分の三毛が呼びにきたのだろう。若くして死んでしまったスズちゃんとも、むこうで出会えただろうと思う。

一匹の猫が死ぬこと／自分の「うつし」がそこにいる

吉本隆明

一匹の猫が死ぬこと

フランシス子が死んだ。
僕よりはるかに長生きすると思っていた猫が、僕より先に逝ってしまった。

一匹の猫とひとりの人間が死ぬこと。

どうちがうかっていうと、あんまりちがわねいねえって感じがします。
おんなじだなあって。
どっちも愛着した者の生と死ということに帰着してしまう。

猫の寿命はどのくらいかっていったら、二十五、六年が最長くらいじゃないですか。僕はあいまいになってしまったけど、

「十六歳四ヵ月でご臨終です」

かかりつけのお医者さんがそう言っていた気がしますから、猫としては、まあ、申し分ない。


たいていの猫は死ぬときに黙って姿を消すもので、そうすると飼い主はおそらくどこかで死んだんじゃないかって想像をする。

それで僕は子どものころ、飼っていた猫がふいにいなくなっちゃったりすると、きっとどこかでのたれ死んでいるんだと思って、ずいぶんせつない思いをしました。


フランシス子の場合はそうじゃなくて、亡くなるときも僕のそばで亡くなった。

最後の最後は、猫がよくあまえるときに鳴らす首とか、脇の下とか、動くのはそれくらいで、なんの言葉もないけど、そこまでいっしょにいられたんだったら、もう、言うことはないよなあって。

だからあの猫がもういないんだってことはよくわかっているんです。

ただ、いないってことに慣れていくのはたいへんで、そんなものは日に日に薄れていくもんだと言われても、早いか遅いかでいったら、遅いんですね。なんかね。

なんでもない、なんの意味もない猫の話で、何か意味を引き出そうと思うんだけど、いっこうに特別なところは見つからない。

平凡といえば平凡きわまりない、平凡猫だったのに、こういう猫はそれまで出会ったことがなかったなあ、またこれからもいないかもしれないなあっていう感じがするんです。

思い出すといっても、思い出すのは目とか、瞬間的な動きとか、そういう断片的なことだけで、そんなものは思い出すともいえない。

でもどの猫を見ても、あの猫と似たところはないな、あの猫と似た猫は見つけられないなって。

忘れがたいなあ、って思いが強い。

この忘れがたさっていうのはわりあいに長く続く気がします。

あれよりもっとりこうな猫はいくらでもいるけど、あいつに似た猫はどこにもいない。

自分の「うつし」がそこにいる

猫っていうのは本当に不思議なもんです。
猫にしかない、独特の魅力があるんですね。
それは何かっていったら、自分が猫に近づいて飼っていると、猫も自分の「うつし」を返すようになってくる。

あの合わせ鏡のような同体感をいったいどう言ったらいいんでしょう。

自分の「うつし」がそこにいるっていうあの感じというのは、ちょっとほかの動物ではたとえようがない気がします。

僕は「言葉」というものを考え尽くそうとしてきたけれど、猫っていうのは、こっちがまだ

「言葉」にしていない感情まで正確に推察して、そっくりそのまま返してくる。

どうしてそんなことができるんだろう。

これはちょっとたまらんなあって。

もちろん気の合う猫、合わない猫がいるし、僕らの知らないところでは猫さんもちゃんと勝手気ままに猫流の遊びかたをしているんだろうけど、フランシス子とは自分の外側の、自分以外の誰かとここまで一致することがあるのかって思いましたね。

うつしそのもの。

自分のほかに自分がいる。

僕はそんなに繊細でもないし、敏感でもないけど、こういうのはこれまで体験したことがなかった。

子どものころから数えきれないほどの猫とつきあってきましたが、そこまで始終いっしょにいるってことはなかったし、動物との関係で初めて体験したのはそれだったと思います。

僕は、自分の子どもに対してもそういうかわいがりかたはしたことがなかったと思う。長年連れ添った夫婦であっても、ここまでのことはないんじゃないか。そのくらい響きあうところがあった。

死ぬ前の三日間くらいは僕の枕元であごのところや腕のところを枕にして、かたときも離れませんでした。

そうしていると、これは亡くなったからって「はい、さようなら」ってわけにはいかないなと思った。

もう、この猫とはあの世でもいっしょだというような気持ちになった。

この猫とはおんなじだな。

きっと僕があの世に行っても、僕のそばを離れないで、浜辺なんかでいっしょに遊んでいるんだろうなあって。

そう思うと、死んだときもなんだか気分が軽くなる感じがしたんです。そのくらいの同体感がありましたね。

そんなふうに思うことができたのはこっちも心のかまえができていたからで、僕のほうがフランシス子に何かしてやれたかっていえば、今のところ、そういう自覚はまるでないので、やっぱりフランシス子のほうが僕に精いっぱい尽くしてくれた、精いっぱいかまってくれたからでしょうね。

吉本隆明

猫の死亡通知

夏目漱石

辱知猫儀久々病気の処、療養不相叶、昨夜いつの間にかうらの物置のヘッツイの上にて逝去致候。埋葬の儀は車屋をたのみ箱詰にて裏の庭先にて執行仕候。但主人「三四郎」執筆中につき、御会葬には及び不申候。　以上

九月十四日

（編集部注）漱石の門下生で、ドイツ文学者の小宮豊隆に宛てて一九〇八年に送られた葉書の文面より。文中に登場する「猫」は小説『吾輩は猫である』のモデルとなった猫とされる。

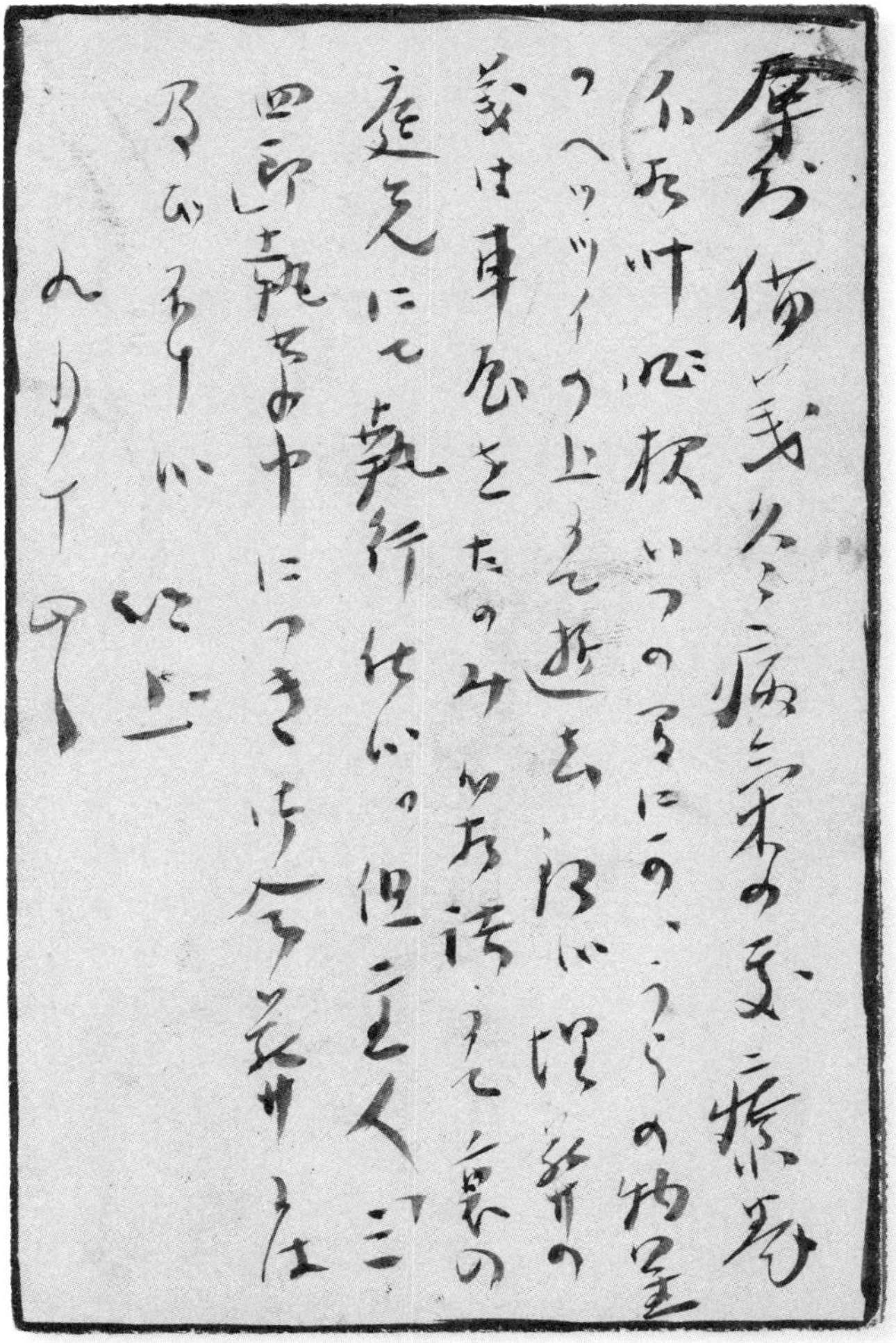

夏目漱石

Ⅵ 猫的生き方のススメ

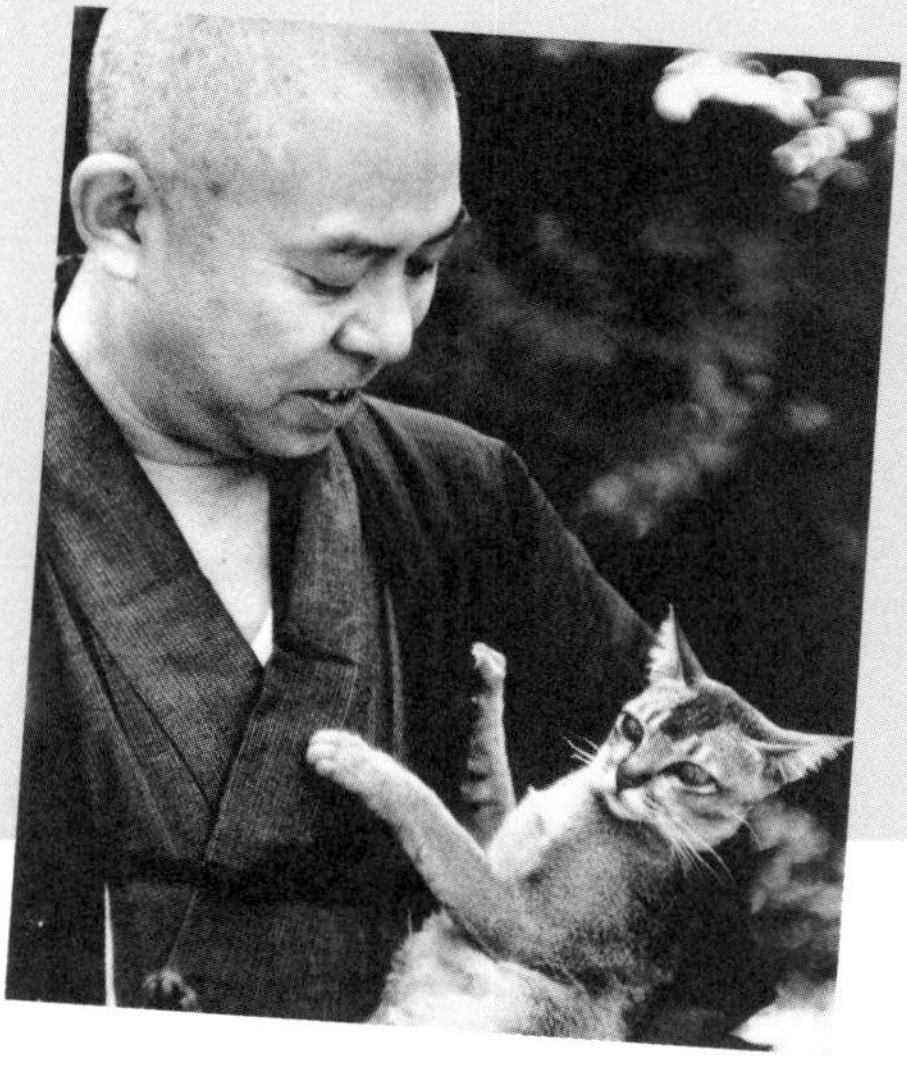

谷崎潤一郎と猫のタイ

カイロの猫

田村隆一

新潟の若い女性から絵はがきがとどいた
ぼくより若い婦人は
すべて「若い女性」である　そのうち
七十歳の「若い女性」も出現するだろう
過去　ふりかえれば一瞬
未来　一寸《いっすん》先きは闇だから　やっと手探りで歩けるのだ
それなら
現在は
猫や鳥や魚にはあるが人間にはない
鳥は鳥の中で飛ぶ

猫は猫の中で眠る
人間の中には人間はいない
言葉だけで
人間は社会的な存在になり　言葉の中で
人は死ぬ　そのとき
やっと人は
人になるのである

絵はがきは
エジプトのカイロ
うちの猫とそっくりの猫
「ネコちゃんにあんまり似ているのでお贈りします」
と絵はがきの空欄に彼女は書いている
アラビア語の看板と赤いトラックを背にして
ちゃっかり坐っている猫

田村隆一

似ているどころか　わが家のネコである
七、八年まえの正月に　のっそり家に入ってきて
そのまま　大股をひろげて眠りこけてしまって
猫だって時差に弱いことがやっと分った
カイロから小さな日本列島の
そのまた小さな村にどうやってたどり着いたのか　たぶん
「ヴァージン・アトランティック」という英国のジェット旅客機に忍びこみ
若いステュアーデスに可愛いがられて
車椅子のトランクのなかで眠りこけながら
成田空港をパス　成田から大船までは
一直線
退屈しきっている車掌室のオジさんをまんまとだまし
大船からはカイロとちがった安物市場を眺めたり
裏手にまわってアジやハンバーガーにありついたり
鎌倉の地の果ての

小さなわが家の石油ストーブにたどりついたというわけか
猫の態度があまりにも大きいので
こいつはエジプトの王室の猫にちがいない
と
ぼくは推定した　礼儀正しく　人が好き
強きをくじき　弱きを助ける
その恋人は
タヌキのようなメス猫で　その恋人の素性をたどって行けば
鎌倉宮　大塔ノ宮の大野良猫　その母親は
ひがなベンチに横たわっていて
修学旅行の生徒たちから安いケーキをもらったりして

「人間」という生物が
まったく馬鹿らしくなってきた

ローレンス・ダレルのエジプトの自然と青春の四重奏

「アレキサンドリア・カルテット」が
読みたくなった

田村隆一

猫の道

水木しげる

僕が関西から東京にやってきて調布の寺のうしろに居をかまえた頃のことだった。寺と家との境界線とおぼしき草むらに五センチばかりの小さな道みたいなものがついていた。なんだろうと思ってみていると（その頃仕事場はその小さな道に面していた）猫が自分の道だといわぬばかりにゆっくりとあるいてくるではないか。こんなたのしそうな猫は初めてだった。

毎日さまざまな猫が通り、大きいのは犬位あるのがゆっくり通る。シーッというと逆に「誰だ」といわぬばかりににらみかえす。あまり失礼な態度なので窓からとび出しておどかしたが、ほんのわずか動いただけで、こちらの様子をじーっとみている。

なにを食っているか知らないがアゴは二重になっている。

そして「下らんことするな」というような顔でみている。墓石はあるし巨猫の動作はゆっくりしているし、なんとなく気味が悪くて引下がったことがあるが。

それ以来、もっぱら観察だけにすることにしたが、それから時はたち時代は進み生垣なども木の元気がなくなってしまって寺との境界線が分らなくなってしまった。あるといえば、うっすらと残っている猫の道だけである。

寺では早速ブロックの壁をしたが、一体「猫の道」はどうなるだろうと思ってみていると、そのブロック塀の上をゆっくりと猫があるいているではないか。

猫はその壁の上を逆うことなくあたり前のように自分の道にし、今も毎日さまざまな猫がゆっくり往来している。

こんな巨猫がいるだろうかと思われるような古猫は時時じーっとしてこちらの仕事の様子をうかがっている。

たまにシーッ、というと「なんだい」というかっこうでゆっくり去る。

時にはたのしげに鳥のさえずるのをじっとみていて二匹で寺の屋根に登り、小鳥をとろうとしたりする。

町で排気ガスの間をそそくさと逃げる猫と違って、きわめて幸福そうにみえる。

秋の日なぞは寺の屋根の上でひるねをしている。毎日猫をながめているので、つい猫の生活なぞを考え、うらやましくなってくる。あいつらあ幸福なんだ、そこいらのゴミ箱で食事をし、一日中ノンキに遊んでいる。

そして彼等は人間と違って死に対する恐怖心がない。いやむしろ、猫の方が死に関しては先天的に正しい認識をもっているのかもしれない。死は本来おそろしいことでもなんでもない一種のねむりなんだ。どうして人間だけが奇妙な恐怖心をもつのだろう。なんて考えてみる。

それに猫は「明日のことを思いわずらはない」これもかみしめてみたい生活だ、我々のアタマの中には、明日の心配がたくさんつまっている。

猫は今日もゆっくりと高架になった「猫の道」をゆく、この猫的生活こそ、我々の理想の生活ではないかと自問自答しながら、僕は十年一日のごとく苦しい原稿をかく。

水木しげる

猫派と犬派の違いについて

養老孟司

ペット好きには、猫派と犬派がある。よくそういわれる。

ネコは自分の好き勝手にしている。それがなんともいえずいい。そう思う人が猫派なのだと思う。どういう人がそうなるのか。自分で好きにしたいけれども、浮世の義理でなかなかそうできない。年中どこか辛抱しつつ暮らしている。そういう人であろう。

そういう人は、ネコに自分を託す。ネコに勝手に乗り移って、そのネコに好きにさせるのである。実人生で制約されている分を、それで心理的に取り戻そうとする。要するに「ネコになってしまう」のである。

イヌは社会的動物である。だから社会性が高い。犬派は猫派と違って、イヌに乗り移るわけじゃない。あくまでもイヌは他者である。ただし自分に依存させる。子どもが増えたようなものであろう。飼い主とイヌの関係は、基本的には社会的関係であり、猫派の場合のような心理的関係ではない。

社会的適応のいい人は、多くは犬派である。犬を飼うことで、さらにその適応を良くしているに違いない。犬を飼っていることが、社会的関係のシミュレーション、つまり予習や復習になるからである。私が通っていた中高一貫の学校の校長さんは、ドイツ人の神父だった。この人が校内にある修道院や宿舎から、夜になって先生たちを呼びつけるときには、窓から呼び子をピーッと吹いた。ある神父さんが私は犬じゃない、と怒っていた。この校長さんは若くして校長になっていたから、社会的適応がいい人だったに違いない。ピーッで怒ったほうの神父さんは、たぶん猫派じゃなかったかと思う。修道院ではイヌもネコも飼っていなかったから、本当のところはわからないが。

私は猫派である。だから猫派の気持ちはわかるが、犬派の気持ちはややわからない。大勢集まって騒ぐより、一人でコツコツ仕事をしたほうがいい。ネコのワガママが好きで、だから自分もワガママなのだろうと思う。

イヌも何度か飼ったが、社会的関係で律することをしなかったから、バカだという記憶しかない。イヌを飼うなら、サルのほうがはるかに利口で、社会的関係も人間に近いから参考になる。サルを飼った最初の日に、ポケットにピーナッツを入れてサルの近くに行き、ポケットからピーナッツを出して食べさせた。そうしたら次の日にはもう、私のポケットに手を突っ込むようになった。ここまで利口な動物はサルだけだと思う。

ただしここまで利口だと、死なれるとたまらない。末期を私が看取ったが、もう二度と飼う気はない。やっぱりペットはかなりバカでないと、ペットにはならない。本当の家族になってしまうのである。

養老孟司

客ぎらい

谷崎潤一郎

○

たしか寺田寅彦氏の随筆に、猫のしっぽのことを書いたものがあって、猫にあゝ云うしっぽがあるのは何の用をなすのか分らない、全くあれは無用の長物のように見える、人間の体にあんな邪魔物が附いていないのは仕合せだ、と云うようなことが書いてあるのを読んだことがあるが、私はそれと反対で、自分にもあゝ云う便利なものがあったならば、と思うことがしば〳〵である。猫好きの人は誰でも知っているように、猫は飼主から名を呼ばれた時、ニャアと啼いて返事をするのが億劫《おっくう》であると、黙って、ちょっと尻尾の端を振って見せるのである。縁側などにうずくまって、前脚を行儀よく折り曲げ、眠るが如く眠らざるが如き表情をして、うつら〳〵と日向ぼっこを楽しんでいる時などに、試みに名を呼んで見給え、人間ならば、えゝうるさい、人が折角好い気持にとろ〳〵としかゝったところをと、さも大儀そうな生返事をするか、でなければ狸寝入《たぬきね》りをするのであるが、猫は必ずその中間の方法を取り、尾を以て返事をする。それが、体の他の部分は殆ど動かさず、――同時に耳をピクリとさせて声のした方へ振り向けるけれども、耳のことは暫く措《お》く。――半眼に閉じた眼を纔《わず》かに開けることさえもせず、寂然たるもとの姿勢のまゝ、依然としてうつら〳〵しながら、尻尾の末端の方だけを微かに一二回、ブルン！　と振って見せるのである。もう一度呼ぶと、又ブルン！　と振る。執拗《しつこ》く呼ぶとしまいには答えなくなるが、二三度は此の方法で答えることは確かである。人はその尾が動くのを見て、猫がまだ眠っていないことを知るのであるが、事に依ると猫自身はもう半分眠っていて、尾だけが反射的に動いているのかも知れない。何にしてもその尾を以てする返事の仕方には一種微妙な表現が籠っていて、声を出すのは面倒だけれども黙っているのも余り無愛想であるから、ちょっとこんな方法で挨拶して置こう、と云ったような、そして又、呼んでくれるのは有難いが実は己は今眠いんだから堪忍してくれないかな、と云ったような、横着なような如才ないような複雑な気持が、その簡単な動作に依っていとも巧みに示されるのであるが、尾を持たない人間には、こんな場合にとてもこんな器用な真似は出来ない。猫にそう云う繊細な心理作用があるものかどうか疑問だけれども、あの尻尾の運動を見ると、どうしてもそう云う表現をしているように思えるのである。

○

私が何でこんなことを云い出したかと云うと、他人は知らず、私は実にしばしば自分にも尻尾があったらなあと思い、猫を羨しく感ずる場合に打《ぶ》つかるからである。たとえば机に向って筆を執っている最中、又は思索している時などに、突然家人が這入《はい》って来てこまごました用事を訴える。と、私は尻尾がありさえしたら、ちょっと二三回端の方を振って置いて、構わず執筆を続けるなり思索に耽るなりするであろう。それより一層痛切に尾の必要を感ずるのは、訪客の相手をさせられる時である。客嫌いの私は余程気の合った同士とか、敬愛している友達とかに久振で会うような場合を除いて、めったに自分の方から喜んで人に面接することはなく、大概いつもいやいや会うのであるから、用談の時は別として、漫然たる雑談の相手をしていると、十分か十五分もすれば溜らなく飽きて来る。で、自然此方は聞き役になって客が一人でしゃべることになり、私の心はともすると遠く談話の主題から離れてあらぬ方へ憧れて行き、客を全く置き去りにして勝手気儘な空想を追いかけたり、ついさっき迄書いていた創作の世界へ飛んで行ったりする。従って、ときどき「はい」とか「ふん」とか受け答えはしているものゝ、それがだんだん上の空になり、とんちんかんになり、間が空き過ぎたりすることを免れない。

時にはハッとして礼を失していたことに心づき、気を引き締めて見るのであるが、その努力も長続きがせず、やゝもすれば直ぐ又遊離しようとする。そう云う時に私は恰も自分が尻尾を生やしているかの如く想像し、尻がむず痒くなるのである。そして、「はい」とか「ふん」とか云う代りに、想像の尻尾を振り、それだけで済まして置くこともある。猫の尻尾と違って想像の尻尾は相手の人に見て貰えないのが残念であるが、それでも自分の心持では、これを振ると振らないではいくらか違う。相手の人には分らないでも、自分ではこれを振ることに依って受け答だけはしているつもりなのである。

絵画にあらわれた日本猫の尾についての一考察

平岩米吉

短尾の分布と断尾の風習

短尾の猫は日本のほか、中国の東海岸からマライ地方、アフリカ東海岸のモンバサおよびマダガスカル島、それにイギリスのマン島に見られる。

マン島の猫は無尾のものが固定され、いわゆるマンクスとして知られている。

中国には生来無尾のものがあり、浙江省の辺では、猫の尾を切断する風習のあったことが、清朝の咸豊二年（日本の嘉永五年・一八五二年）に上梓された黄漢の著〝猫苑〟に述べられている。しかし、中国では猫の尾は細長く先のとがっているのを貴んでいたので、黄漢は〝猫は尾をあげて風を切るので威容があるのに、それを短く切っては本真を失う〟と非難している。

日本でも、猫の尾を切る風習があった。それには二つの理由があったらしい。一つは長い尾をうねらせると蛇のようで気味が悪いということであった。このため尾の輪の模様がはっきり見え、いっそう蛇に似ている虎猫の尾が多く切られた。次はやはり気味の悪い黒猫の尾が切られた。もう一つは、猫は年とると尾が二股にさけ、化《ば》けると思われていたことで、禍を未然に防ぐために若いうちに尾を切り取ってしまったのであろう。この風習は昭和の初め頃まで残っていたようである。

ところが、恰もこういう嗜好や迷信と合致するように、日本には、生来、短尾の猫が相当にあったようだ。〝和訓栞《わくんのしおり》〟（著者谷川士清《ことすが》は安永五年歿・一七七六年）や越谷吾山の〝物類称《ぶつるいしょう》呼《こ》〟（安永四年稿・一七七五年）には、短尾の猫を〝かぶ猫〟、〝牛房尻《ごぼうじり》〟、〝五分尻《ごぶじり》〟などと呼ぶ方言があげられているし、また田宮仲宣の〝愚雑俎《ぐざつそ》〟（一八二五〜一八三三年刊）には、京都にては尾の長き唐猫を飼うもの多く、浪華にては尾の短き和種を飼うものが多いと述べられているからである。

古文献に猫の尾の記載なし

しかし、日本猫の尾の長短については、残念ながら古い文献には殆んど何の記載もない。

じっさいの猫の最初の記録である宇多天皇の日記（寛平元年・八八九年）には、渡来した黒猫の大きさを高さ（肩）わずかに六寸（一八センチ）長さ一尺五寸（四五・五センチ）と記されていて、これには、ある程度の長さの尾も含まれているらしいが、はっきりしたことは判らない。

そののち、〝枕草子〟、〝源氏物語〟、〝更級日記《さらしな》〟、〝今昔物語〟、〝古今著聞集〟等にそれぞれ猫の話はあるが、尾については、どれにも記されていない。

もっとも、近世になって〝大和怪異記〟（宝永五年・一七〇八年）以下〝安斎随筆〟、〝類聚名物考〟、〝兎園小説〟、〝想山著聞奇集〟等にはいずれも怪猫の尾が二股に分れていたと記されているが、もちろん現実の猫とは関係がない。

また、曲亭馬琴は〝燕石雑志〟に文化二年（一八〇五年）一三才まで生きた愛猫のことを記しているが、やはり尾の長さには触れていない。

室町以後の画題となった猫

ところで、こういう貧困な資料のなかで日本猫の尾について、ただ一つやや有力な手がかりになるものがある。それは絵画で、まず、平安の後期に、たまたま猫を描いたものとして、覚《かく》猷《ゆう》（通称鳥羽僧正、一〇五三〜一一四〇年）の作（？）と伝えられる絵巻物〝信貴山縁起〟および〝鳥獣戯画〟をあげることができる。前者には斑《ぶち》の長尾の猫一匹、後者には虎毛の三匹と白の子猫一匹があり、みな長尾である。

次は釈迦の涅槃図に描かれた猫で、数カ所の寺院にあるが、元来、涅槃図には猫は加えられていなかったのだから、この種の絵の猫の体型は、日本猫を模したものとみて差支えあるまい。主なものをあげる。これも、みな長尾。

1．横浜市金沢の称名寺（一二六〇年建立）の涅槃図には、虎毛で長尾の猫が小さく描かれている。筆者は不詳。

2．大阪府枚方《ひらかた》市の浄土院のものは、一三一三年、三人の画僧によって描かれた虎毛長尾の猫である。

3．京都市東福寺の大涅槃図（たて一四メートル）は、一四〇八年、吉山明兆《きちざんみんちょう》（室町初期の代表画家で通称兆殿司《ちょうでんす》）の筆で三毛の長尾である。これは国宝である。

4．三重県鈴鹿市竜光寺のものは、一四〇七年、同じく兆殿司の筆で、虎毛、長尾である。

5．東京都芝の増上寺のものは一六二四年、狩野隼人の画で、虎毛、長尾の猫が描かれている。

そして、室町時代以後になると、猫を主題とした絵画が盛んに見られるようになる。これは、もっぱら貴族の愛玩物であった猫が、ようやく一般の人々の間にひろまり、その注意をひくようになったことを物語っている。以下、室町時代から江戸時代へかけての著名な画家の作品を列挙するが、これらの絵が、流派の如何にかかわらず、これまた長尾の猫ばかりだというのは、注目すべきである。おそらく、長尾を猫本来の姿と見たためだが、同時に、長尾のもつ美しさをも認めたからであろう。なお、これらの絵は、猫の毛色の比率を推測するのにも参考になる。

1. 小栗宗丹〝枇杷猫図〟（虎毛で長尾の猫を描く）宗丹（一三九七〜一四六四年）は漢画明兆派の妙手。室町時代の代表画家。

fig.1. 小栗宗丹（室町時代）の〝枇杷猫図〟（長尾）

2. 小栗宗栗《そうりつ》〝芍薬猫図〟(虎毛で非常に細長い尾を描く)宗栗は宗丹の子と伝えられている。

3. 狩野山雪〝牡丹睡猫図〟(京都妙心寺天球院の四枚の杉戸のうち、猫は左側の牡丹の下に描かれている。虎毛の長尾で尾先が白い)写実にして風格の高い逸品で、従来、狩野山楽の作とされていたが、その養子、山雪(一五八九〜一六五一年)の手になるものらしい。

4. 円山応挙〝睡猫図〟(日本猫特有の斑《ぶち》で、長尾)これも写実の佳作である。応挙(一七三三〜一七九五年)は円山派の創始者で江戸前期の代表画家。

5. 田能村竹田《たのむらちくでん》〝柳猫図〟(柳の木から下りてくる逞しい猫、額が黒く尾が長い)竹田(一七七七〜一八三五年)は谷文晁に学んだ南宗派の名手。猫図は一八一〇年の

fig.2. 円山応挙(江戸前期)の〝睡猫図〟(長尾)

作（江戸後期）。

6．渡辺崋山〝驚雀睡猫図〟（白毛で長尾）崋山（一七九三～一八四一年）は北宗文晁派で、これはその代表作の一つ。岩上に二羽の雀がおり、下に白猫が眠っている。天保九年（一八三八年）八月の作である。

7．椿椿山《つばきちんざん》〝猫親子図〟（親は斑の長尾だが、二頭の子は短尾らしい）文政一二年冬（一八二九年）の作。椿山（一八〇一～五四年）は文晁派で崋山に学ぶ。

8．岸竹堂〝柳猫図〟（ほとんど白で頭に斑のある長尾の猫が柳の木の上にいる）竹堂（一八二六～九七年）は岸駒派で、のちに帝室技芸員となる。これより明治時代。

9．橋本雅邦〝猫に竹図〟（竹の下にいる尾の長い斑《ぶち》猫）耳が反っていて猫は拙劣。雅邦（一八三五～一九〇八年）は狩野雅信の門下で、岡倉天心を助けて日本美術院を創立した。

10．菱田春草〝黒猫〟（樹上にいる黒猫で尾は長い）文展第一回の出品で、代表作と言われる。春草（一八七四～一九一一年）は狩野派の雅邦の門下。のちに東京美術学校助教授。

だいたい、以上のように長尾の猫ばかりであるが、当時、短尾の猫も相当にいたと思われることは、前記〝和訓栞〟等の記述によっても明らかである。

それを、このように徹底して短尾を除外したというのは、もちろん、長尾を猫本来の姿と考えたからには相違ないが、この想定には、更に根深い伝統が作用していたと思われる。なぜなら、中国では〝本草綱目〟（一五九〇年）にも、長尾を佳猫の一条件としてあげてあり、これを受け継いでわが国の〝本朝食鑑〟（一六九五年）などにははっきり〝長尾短腰を以て良しとす〟と記されているからである。少なくも、当時の画家の眼には、短尾はむしろ異端として映ったのではなかろうか。

のみならず、じっさいに日本画に大きな影響を与えた中国の画には、悉く長尾の猫が描かれていたのである。簡単に二、三の例をあげておこう。

明時代の画家、呂紀の〝春郊走猫図〟や、清の世宗帝頃（一八世紀中期）の沈銓《ちんせん》の〝秋園猫児図〟は、いずれも長尾の猫が書かれており、ことに沈銓は享保一六年（一七三一年）長崎に渡来、二年ほど滞在して日本の花鳥画に影響を与えたと言われている。

また、朝鮮においても李朝の張承業、和斎、一濠生らの書いた猫図は、みな長尾であることも見逃せない。

浮世絵に描かれた猫

ところが、おもに江戸後期に発達した浮世絵では、前記諸派の絵とは反対に、短尾の猫が数多く描かれている。いや、数多くどころではない。初期の絵にこそ、長尾の猫も見られるが、のちには短尾がおびただしい数を占めるようになる。ここでは観念的なものから脱却して、庶民の生活に密着した写実が主流となったためであろうか。特に歌川国芳一派の猫の絵は異彩を放っている。著名なものをあげる。

なお、浮世絵では、猫を女人の風俗に点景として配した場面も少なくない。

1．鳥居清信（一六六四〜一七二九年）女が首輪に紐をつけて猫を持っている図で、尾は長い。

2．磯田湖竜斎（明和頃一八世紀中期）二枚の柱絵に、それぞれ女の立姿の下に尾の長い斑《ぶち》猫のいる図。一つは首輪をつけ、マリにじゃれている。

3．喜多川歌麿（一七五三〜一八〇六年）湯上りの女の裾にじゃれている斑《ぶち》猫。首輪に鈴がつけてあり、これは短尾である。

4．歌川国芳（一七九七〜一八六一年）猫の浮世絵師と言われたくらい猫を愛し、猫の絵をたくさん書いている。なかでも〝東海道五十三次〟に擬した〝猫飼好《みやうかいこう》五十三疋〟（一八五〇年ごろ）は猫のさまざまな姿態を丹念にかきわけたもので、題は五十三匹だが、じっさいは親猫六三匹、子猫一〇匹、計七三匹である。毛色は親猫が斑《ぶち》三七匹、白二〇匹、黒、虎など六匹で、子猫が斑《ぶち》三匹、白五匹、他二匹である。この毛色の比率は斑五四・八％、白三四・二％、その他二％となる。

そして、尾を見ると、明らかに短尾と思われるものが四五匹、中ぐらいのもの一三匹、どうにか長尾と認められるもの一匹、不明四匹である。また、子猫は短尾七匹、不明三匹である。結局、短尾が計五二匹で七一％を占めている。

また、国芳は、一妙開猫よし、三返亭猫好、などの隠号を用いて、多数の秘画をかいているが、天保二年作（一八三一年）の〝逢悦弥《おうえや》誠《ま》〟から同一〇年作（一八三九年）の〝枕辺深閨梅〟にいたるまで、七種の本にあらわれた一九匹の猫を見ると、毛色は、斑一〇匹、白六匹、虎二匹、不明

Fig.3. 歌川国芳の〝猫飼好五十三疋〟（一八五〇年頃）大判三枚続きのうちの一枚（殆んど短尾）

瞭一匹で、尾は短尾一三匹、不明六匹である。不明というのは、正面を向いていたり、陰になっていたりして見えないので、つまり、尾の見えるものは全部短尾である。

このほか、国芳の門からは芳年、芳藤など好んで猫をかく画家があらわれた。

5．安藤広重（一八四二～一八九四年）仮名垣魯文編集の〝魯文珍報〟第八号・第九号（明治一一年・一八七八年）に〝百猫画譜〟をかいた。署名は単に広重となっているが、年代から考えて三世広重と思われる。全一九図に一〇〇匹の猫の姿態を詳しくかき分けてあるが、この着想は国芳の〝五十三疋〟から学んだのではなかろうか。親猫九一匹、子猫九匹で、毛色は斑五八猫、白三〇匹、虎八匹、黒四匹となっている。（斑と白の占める比率は国芳のそれと大

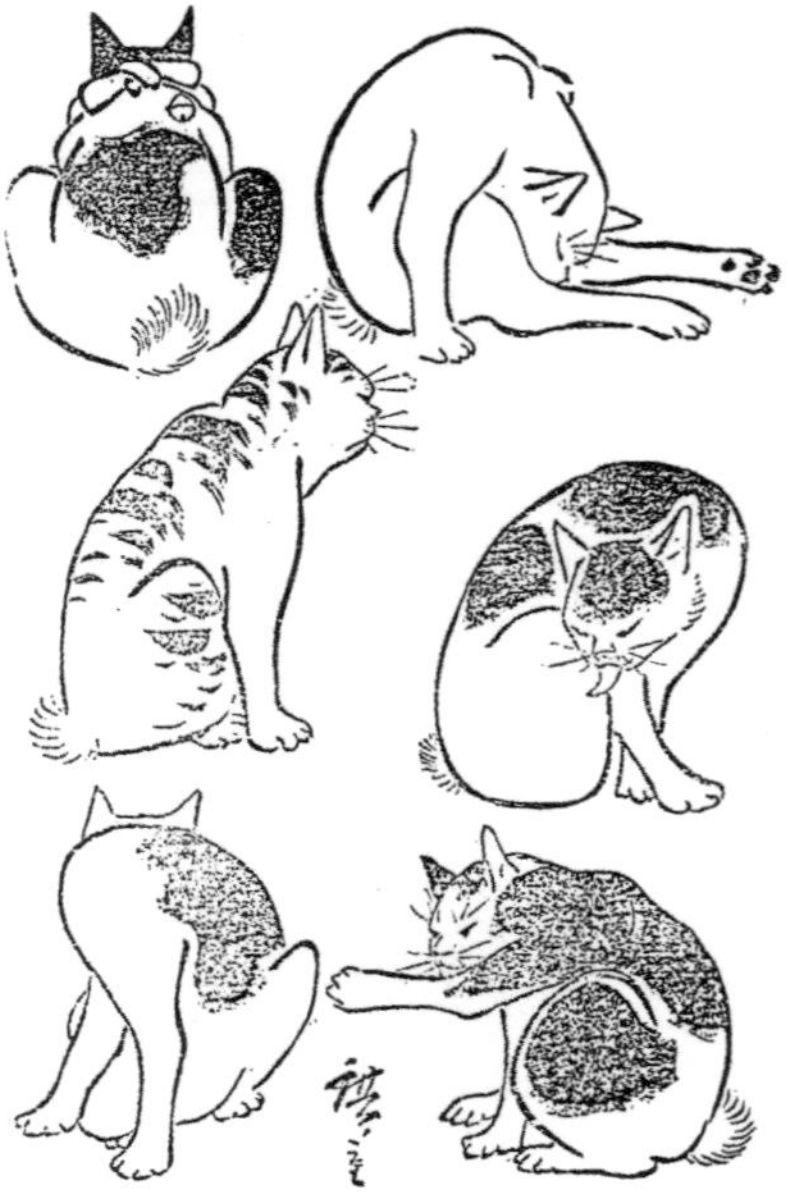

Fig.4. 三世広重の〝百猫画譜〟（一八七八年）のなかの一図（みな短尾）

差がない）
尾は短尾九七匹に対し、長尾はわずか三匹にすぎない。すなわち、短尾の猫が国芳の絵にくらべて、さらに圧倒的に多くなっている。しかし、短尾のこのような比率が、じっさいにある筈はなく、これは、どうしても、当時の人々の猫に対する好みを反映したものと考えざるを得ない。

6．小林清親《きよちか》（一八四七〜一九一五年）光線画の手法を取り入れた版画家。〃猫〃及び〃画室の猫〃は、前者は提灯《ちょうちん》にじゃれる猫、後者は鶏の絵に爪をかける猫をかき、いずれも短尾である。

むすび

さて、以上を通覧すると、室町時代の漢画に始まり狩野派、円山派、文晁派、岸駒派などを通して、明治初期に至るまで、もっぱら長尾の猫のみが取材されているが、これはその実状によったというより、相応、先入観に支配されていたと思われる。少なくも、長尾の猫が上位におかれていたことは明らかである。浮世絵においても初期には長尾が描かれていた。

ところが、直接、当時の人情風俗を写すことに専念した歌麿、国芳以降になると、庶民の短尾への好みが俄然、表面にあらわれてきたと解すべきであろう。短尾が単なる国芳個人の好みだけでなかったことは、そののちの、広重、清親らが、やはり短尾を多く描いているのを見てもわかる。

　このような事実からは、ひいては、じっさいに長尾の猫の淘汰が行なわれたであろうことも推測できる。しかも、それは、最初に記したように、長尾が気味悪がられ、時には切断する風習まで発生していたことによって裏づけられる。

　ともあれ、決定的なことは言えないとしても、猫を描いた絵画の推移からみて、日本猫は漸次、短尾が好まれるようになり、そのうえ、それが助長されてきた経過の一面を窺知することができそうに思われるのである。

著者略歴・出典（掲載順）

佐野洋子　さのようこ

１９３８年、中国・北京生まれ。絵本作家。絵本に『１００万回生きたねこ』『わたしのぼうし』『ねえ　とうさん』、エッセイに『ふつうがえらい』『神も仏もありませぬ』『シズコさん』など著書多数。２０１０年没。

◎出典：『猫ばっか』講談社文庫

串田孫一　くしだまごいち

１９１５年、東京生まれ。哲学者、詩人、随筆家、小説家。中学時代から登山を始める。尾崎喜八らとともに山の文芸誌『アルプ』を創刊、責任編集者を務めた。著書に『羊飼の時計』『山のパンセ』など。２００５年没。

◎出典：『串田孫一随想集５』筑摩書房

日高敏隆　ひだかとしたか

１９３０年、東京生まれ。動物行動学者。理学博士。京都大学名誉教授。『チョウはなぜ飛ぶか』『人間は遺伝か環境か？』『ネコはどうしてわがままか』『動物と人間の世界認識』『生きものの流儀』など著書多数。２００９年没。

◎出典：『ネコたちをめぐる世界』（小学館ライブラリー43）小学館

手塚治虫　てづかおさむ

１９２８年、大阪府生まれ。漫画家、アニメーション作家。『ジャングル大帝』『鉄腕アトム』『ブラック・ジャック』『火の鳥』『アドルフに告ぐ』など作品多数。戦後から現在までの漫画・アニメ界に多大な影響を与えた。１９８９年没。

◎出典：『手塚治虫ランド』大和書房

室生犀星　むろお さいせい

1889年、石川県生まれ。詩人、小説家。『愛の詩集』『抒情小曲集』『幼年時代』や『性に眼覚める頃』『あにいもうと』『杏っ子』『かげろふの日記遺文』『蜜のあはれ』など著書多数。童話や随筆、俳句も多数遺した。1962年没。

◎出典：『新版　動物のうた』大日本図書

まど・みちお

1909年、山口県生まれ。詩人。童謡『ぞうさん』『一年生になったら』などの作詞を手がける。『まど・みちお全詩集』（芸術選奨文部大臣賞）『まど・みちお画集　とおいところ』『まど・みちお　人生処方詩集』など著書多数。2014年没。

◎出典：『まど・みちお全詩集　新訂版』理論社

和田誠　わだ まこと

1936年生まれ。グラフィックデザイナー、イラストレーター。『週刊文春』の表紙をはじめ、数々の雑誌や書籍でイラスト、デザイン、装丁を手がける。『銀座界隈ドキドキの日々』『ねこのシジミ』など著書は200冊を超える。2019年没。

◎出典：『ニャンコ　トリロジー』ハモニカブックス

岩合光昭　いわごう みつあき

1950年、東京都生まれ。動物写真家。近著に『ふるさとのねこ』『ねこの京都』『岩合さんちのネコ兄弟 玉三郎と智太郎』『かぴばら』『パンタナール』など。NHK BSプレミアム『岩合光昭の世界ネコ歩き』の撮影・出演。映画『ねことじいちゃん』、2021年『劇場版 岩合光昭の世界ネコ歩き あるがままに、水と大地のネコ家族』で監督を務める。

◎出典：『カラー新版 ネコを撮る』（朝日新書）朝日新聞出版

出久根達郎　でくね たつろう

１９４４年、茨城県生まれ。小説家、随筆家。93年『佃島ふたり書房』で直木賞を受賞。『本のお口よごしですが』『御書物同心日記』『作家の値段』『短編集半分コ』『漱石センセと私』など著書多数。

◎出典：『まかふしぎ・猫の犬』河出書房新社

向田邦子　むこうだ くにこ

１９２９年、東京生まれ。脚本家、エッセイスト、小説家。『寺内貫太郎一家』『阿修羅のごとく』などテレビドラマの脚本を多数執筆。80年『思い出トランプ』に収録の「花の名前」他2作で直木賞を受賞。著書に『父の詫び状』など。１９８１年没。

◎出典：『新装版 眠る盃』講談社文庫

寺山修司　てらやま しゅうじ

１９３５年、青森県生まれ。詩人、歌人、劇作家。演劇実験室「天井桟敷」主宰。歌集『血と麦』『田園に死す』、戯曲『血は立ったまま眠っている』、小説『あゝ、荒野』、評論集『遊撃とその誇り』など著書多数。１９８３年没。

◎出典：『猫の航海日誌』新書館

尾辻克彦　おつじ かつひこ

１９３７年、神奈川県生まれ。作家。「赤瀬川原平」の名で前衛芸術家として活動。81年『父が消えた』で芥川賞を受賞。『肌ざわり』『雪野』『ライカ同盟』、また赤瀬川原平名義で『東京路上探険記』『新解さんの謎』『老人力』など著書多数。２０１４年没。

◎出典：『吾輩は猫の友だちである』中央公論社

開高健　かいこう たけし

1930年、大阪府生まれ。小説家、随筆家。58年『裸の王様』で芥川賞を受賞。『ベトナム戦記』『輝ける闇』『もっと遠く！』『もっと広く！』『オーパ！』『玉、砕ける』など著書多数。1989年没。

◎出典：『開高健全集 第22巻』新潮社

萩原朔太郎　はぎわら さくたろう

1886年、群馬県生まれ。詩人。代表作に、詩集『月に吠える』『青猫』『純情小曲集』『氷島』、小説『猫町』など。1942年没。

◎出典：『青猫 萩原朔太郎詩集』集英社文庫

伊丹十三　いたみ じゅうぞう

1933年、京都府生まれ。俳優、映画監督、エッセイスト。監督作品に『お葬式』『タンポポ』『マルサの女』『あげまん』など、エッセイに『ヨーロッパ退屈日記』『女たちよ！』『日本世間噺大系』など多数。1997年没。

◎出典：『再び女たちよ！』新潮文庫

洲之内徹　すのうち とおる

1913年、愛媛県生まれ。美術評論家、小説家、画廊経営主。74年より「芸術新潮」に「気まぐれ美術館」を連載。著書に『気まぐれ美術館』『洲之内徹小説全集』『芸術随想 おいてけぼり』など。1987年没。

◎出典：『絵のなかの散歩』新潮文庫

中島らも　なかじま らも

1952年、兵庫県生まれ。小説家、エッセイスト、ミュージシャン。84年から10年間『朝日新聞』に「明るい悩み相談室」を連載。『今夜、すべてのバーで』『ガダラの豚』など著書多数。2

004年没。
◎出典：『中島らものもっと明るい悩み相談室』朝日新聞社

松田青子　まつだ あおこ

1979年、兵庫県生まれ。小説家、翻訳家。著書に『スタッキング可能』『英子の森』『ワイルドフラワーの見えない一年』『おばちゃんたちのいるところ』『持続可能な魂の利用』、翻訳書にカレン・ラッセル『狼少女たちの聖ルーシー寮』など。
◎出典：『ユリイカ』2010年11月号『特集＝猫　この愛らしくも不可思議な隣人』青土社

近藤聡乃　こんどう あきの

1980年、千葉県生まれ。ニューヨーク在住。マンガ家、アーティスト。アニメーション作品に『てんとう虫のおとむらい』『KiyaKiya』。著書に『いつものはなし』『ニューヨークで考え中』『近藤聡乃作品集』『A子さんの恋人』など。
◎出典：『新版　近藤聡乃エッセイ集　不思議というには地味な話』ナナロク社

武田百合子　たけだ ゆりこ

1925年、神奈川県生まれ。随筆家。夫は小説家の武田泰淳。著書に『富士日記』『犬が星見た――ロシア旅行』『ことばの食卓』『遊覧日記』『日日雑記』など。娘は写真家の武田花。1993年没。
◎出典：『富士日記（下）　新版』中公文庫

金井美恵子　かない みえこ

1947年、群馬県生まれ。小説家。小説に『プラトン的恋愛』（泉鏡花文学賞）『タマや』（女流文学賞）『恋愛太平記』『噂の娘』『ピース・オブ・ケーキとトゥワイス・トールド・テールズ』ほか。エッセイに『目白雑録』『カストロの尻』（芸術選奨文部科学大臣賞）『『スタア誕生』』など著書多数。
◎出典：『金井美恵子エッセイ・コレクション［１９６４－２０１３］２　猫・そのほかの動物』平凡社

石牟礼道子《いしむれ みちこ》

１９２７年、熊本県生まれ。詩人、小説家。『苦海浄土』『十六夜橋』『はにかみの国——石牟礼道子全詩集』（芸術選奨文部科学大臣賞）『石牟礼道子全集 不知火』『石牟礼道子全句集 泣きながら原』『道子の草文』など著書多数。２０１８年没。
◎出典：『石牟礼道子　詩文コレクション１　猫』藤原書店

大佛次郎《おさらぎ じろう》

１８９７年、神奈川県生まれ。小説家。１９５０年『帰郷』で日本芸術院賞を受賞。『鞍馬天狗』『パリ燃ゆ』『赤穂浪士』『天皇の世紀』など著書多数。64年文化勲章。１９７３年没。
◎出典：『猫のいる日々　新装版』徳間文庫

永六輔《えい ろくすけ》

１９３３年、東京生まれ。放送作家、作詞家、ラジオパーソナリティ、タレント、随筆家。「上を向いて歩こう」「こんにちは赤ちゃん」ほかヒット曲の作詞を多数手がける。『大往生』など著書多数。２０１６年没。
◎出典：『ユリイカ』１９７３年11月号『特集　猫　文学への新しい視点』青土社

南伸坊《みなみ しんぼう》

１９４７年、東京都生まれ。イラストレーター、エッセイスト。漫画雑誌『ガロ』元編集長。『笑う茶碗』『狸の夫婦』『健康の味』『おじいさんになったね』『本人遺産』（南文子との共著）『ねこはい』など著書多数。
◎出典：『くろちゃんとツマと私』東京書籍

いがらしみきお

1955年、宮城県生まれ。漫画家。『ネ暗トピア』『あんたが悪いっ』『ぼのぼの』『忍ペンまん丸』『かむろば村へ』『I《アイ》』『羊の木』『誰でもないところからの眺め』『あなたのアソコを見せてください』など作品多数。

◎出典：『ユリイカ』2010年11月号『特集＝猫　この愛らしくも不可思議な隣人』青土社

小松左京　こまつ さきょう

1931年、大阪府生まれ。小説家。『日本沈没』『未来の思想 文明の進化と人類』『歴史と文明の旅』『日本アパッチ族』『果しなき流れの果に』『復活の日』など著書多数。2011年没。

◎出典：『小松左京の猫理想郷《ネコトピア》』小松左京ライブラリ監修、竹書房

小沢昭一　おざわ しょういち

1929年、東京生まれ。俳優、エッセイスト、俳人、芸能研究家。『ものがたり 芸能と社会』『放浪芸雑録』『背中まるめて――「小沢昭一的こころ」のこころ』『日々談笑』『話にさく花』『句あれば楽あり』など著書多数。2012年没。

◎出典：『小沢昭一百景　随筆随談選集⑥　なぜか今宵もぁあ更けてゆく』晶文社

春日武彦　かすが たけひこ

1951年、京都府生まれ。精神科医。『ロマンティックな狂気は存在するか』『幸福論』『無意味なものと不気味なもの』『臨床の詩学』『鬱屈精神科医、占いにすがる』『様子を見ましょう、死が訪れるまで』など著書多数。

◎出典：『猫と偶然』作品社

工藤久代　くどう ひさよ

１９２３年、東京生まれ。エッセイスト。36〜40年、ＮＨＫ音楽資料課嘱託。42年からワルシャワ大学日本学科講師をつとめた夫・工藤幸雄と共に同地に７年間滞在。50年、帰国。著書に『ワルシャワ貧乏物語』など。２０１５年没。

◎出典：『ワルシャワ猫物語』文春文庫

やまだ紫　やまだ むらさき

１９４８年、東京都生まれ。漫画家。著書に『しんきらり』『鈍たちとやま猫』『樹のうえで猫がみている』『はなびらながれ』『ゆらりうす色』『空におちる』『やまだ紫作品集』『御伽草子――マンガ日本の古典〈21〉』など。２００９年没。

◎出典：『性悪猫』小学館クリエイティブ

幸田文　こうだ あや

１９０４年、東京生まれ。随筆家、小説家。父は作家の幸田露伴。57年『流れる』で日本芸術院賞を受賞。『黒い裾』『おとうと』『闘』『崩れ』『包む』など著書多数。娘は随筆家の青木玉。１９９０年没。

◎出典：『幸田文 どうぶつ帖』青木玉編、平凡社

石井桃子　いしい ももこ

１９０７年、埼玉県生まれ。翻訳家、児童文学作家、随筆家。「クマのプーさん」「うさこちゃん」「ピーターラビット」シリーズなどの翻訳を手がける。著書に『ノンちゃん雲に乗る』（芸術選奨文部大臣賞）『山のトムさん』ほか。２００８年没。

◎出典：『家と庭と犬とねこ』河出書房新社

梅崎春生　うめざき はるお

1915年、福岡県生まれ。54年『ボロ家の春秋』で直木賞、64年『狂ひ凧』で芸術選奨文部大臣賞を受賞。『桜島』『日の果て』『B島風物誌』『砂時計』など著書多数。1965年没。

◎出典：『悪酒の時代／猫のことなど 梅崎春生随筆集』講談社文芸文庫

石垣りん　いしがき りん

1920年、東京生まれ。詩人。著書に詩集『私の前にある鍋とお釜と燃える火と』『表札など』『石垣りん詩集』、エッセイ集『ユーモアの鎖国』『焔に手をかざして』など。2004年没。

◎出典：『夜の太鼓』ちくま文庫

室生朝子　むろお あさこ

1923年、東京生まれ。随筆家。父は詩人、小説家の室生犀星。『晩年の父犀星』『追想の犀星詩抄』『父 室生犀星』『父 犀星の秘密』『詩人の星遙か――父犀星を訪ねて』『あやめ随筆』など著書多数。2002年没。

◎出典：『うち猫そと猫』立風書房

内田百閒　うちだ ひゃっけん

1889年、岡山県生まれ。小説家、随筆家。著書に『冥途』『旅順入城式』『百鬼園随筆』『続百鬼園随筆』『実説艸平記』『阿房列車』『ノラや』『東海道刈谷駅』『日没閉門』など。1971年没。

◎「迷い猫の広告」：公益財団法人 岡山県郷土文化財団所蔵

石田孫太郎　いしだ まごたろう

1874年、福井県生まれ。養蚕研究家。養蚕研究のかたわら、猫の研究書『猫』を著す。そのほかの著書に『実地応用養蚕の奥義』『嫉妬の研究』『実験夏秋蚕豊作法』『明治蚕業大事紀』など。1

936年没。

◎出典：『猫』河出文庫

岡倉天心　おかくら てんしん

1863年、横浜生まれ。思想家、美術指導者。東京美術学校（現・東京藝術大学）の開設に尽力。日本美術院を創設、新日本画運動を展開。後に米ボストン美術館顧問を務めた。著書に『東洋の理想』『茶の本』など。1913年没。

◎出典：『岡倉天心』（朝日選書 274）大岡信著、朝日新聞社

武田花　たけだ はな

1951年、東京都生まれ。写真家。父は小説家の武田泰淳、母は随筆家の武田百合子。90年『眠そうな町』で木村伊兵衛写真賞を受賞。『猫・陽のあたる場所　武田花 写真集』『猫 TOKYO WILD CATS』『ポップス大作戦』など著書多数。

◎出典：『猫のお化けは怖くない』平凡社

三谷幸喜　みたに こうき

1961年、東京都生まれ。脚本家。主な作品に、舞台『愛と哀しみのシャーロック・ホームズ』『大地』、テレビドラマ『真田丸』『誰かが、見ている』、映画『THE有頂天ホテル』『ザ・マジックアワー』『記憶にございません！』など。

◎出典：『三谷幸喜のありふれた生活9　さらば友よ』朝日新聞出版

井坂洋子　いさか ようこ

1949年、東京都生まれ。詩人。詩集に『GI』『地上がまんべんなく明るんで』『箱入豹』『嵐の前』『七月のひと房』。評論・エッセイ集に『永瀬清子』『はじめの穴 終わりの口』『詩はあなたの隣にいる』など。

◎出典：『黒猫のひたい』幻戯書房

吉本隆明　よしもと たかあき

1924年、東京生まれ。詩人、文芸批評家、思想家。『夏目漱石を読む』『吉本隆明全詩集』『共同幻想論』『言語にとって美とはなにか』『ハイ・イメージ論』『親鸞』『超「戦争論」』『超恋愛論』『日本語のゆくえ』など著書多数。2012年没。

◎出典：『フランシス子へ』講談社文庫

夏目漱石　なつめ そうせき

1867年、東京生まれ。小説家、英文学者。著書に『吾輩は猫である』『坊っちゃん』『三四郎』『それから』『行人』『こころ』『道草』『明暗』など。1916年没。

◎「猫の死亡通知」：福岡県みやこ町歴史民俗博物館所蔵

田村隆一　たむら りゅういち

1923年、東京生まれ。詩人。『四千の日と夜』『言葉のない世界』『緑の思想』『死語』『誤解』『スコットランドの水車小屋』『陽気な世紀末』『奴隷の歓び』『ぼくの航海日誌』『ハミングバード』『1999』など著書多数。1998年没。

◎出典：『詩集 狐の手袋』新潮社

水木しげる　みずき しげる

1922年、鳥取県出身。漫画家、妖怪研究家。『ゲゲゲの鬼太郎』『日本妖怪大全』『河童の三平』『悪魔くん』『総員玉砕せよ！』など作品多数。2010年文化功労者。2015年没。

◎出典：『ユリイカ』1973年11月号『特集　猫　文学への新しい視点』青土社

養老孟司　ようろう たけし

1937年、神奈川県生まれ。解剖学者、東京大学名誉教授。『からだの見方』『バカの壁』『唯脳論』『身体の文学史』『手入れという思想』『遺言。』

『半分生きて、半分死んでいる』『神は詳細に宿る』など著書多数。
◎出典:『そこのまる　養老孟司先生と猫の営業部長』有限会社養老研究所著、ランダムハウス講談社

谷崎潤一郎　たにざきじゅんいちろう

1886年、東京生まれ。小説家。『象』『刺青』などの作品で永井荷風に認められ文壇デビュー。主な著書に『痴人の愛』『春琴抄』『卍』『細雪』『陰翳礼讃』など。49年文化勲章。1965年没。
◎出典:『谷崎潤一郎全集　第20巻』中央公論新社

平岩米吉　ひらいわよねきち

1898年、東京生まれ。オオカミ研究家、歌人、作家、「動物文学会」主宰。平岩犬科生態研究所、フィラリア研究会を創設、犬の難病克服にも力を尽くした。著書に『犬の行動と心理』『狼　その生態と歴史』『犬の歌――平岩米吉歌集』『猫の歴史と奇話』など。1986年没。
◎出典:『哺乳動物学雑誌』1969年4巻4-6号、日本哺乳類学会

・各作品の表記は原則として底本に従いましたが、漢字については新字体を採用しました。また、読みやすさを考慮して適宜ルビを補いました。
・収録に際し、エッセイの前後を省略、または表記を一部修正した作品があります。
・今日の観点からは不適切と思われる語句や表現がありますが、作品が発表された当時の時代背景や文学性を考慮し、作品を尊重して原文のまま掲載しました。
・掲載にあたり、著作権者の方とご連絡が取れなかったものがあります。お心当たりの方は編集部までご一報いただきますようお願いいたします。

◎撮影
水野真澄（カバー表）
松田青子（カバー裏、表紙）
武田花（p.219）
渡辺義雄（p.253）

◎写真・図版・資料提供
室生犀星記念館（p.9）
手塚プロダクション（p. 30-31）
かごしま近代文学館（p.51）
大佛次郎記念館（p.113）
有限会社アイエムオー（p.138-141）
公益財団法人 岡山県郷土文化財団（p.220-221）
福岡県みやこ町歴史民俗博物館（p.251）
芦屋市谷崎潤一郎記念館（p.253）
＊写真原版所蔵＝日本写真保存センター
国立国会図書館デジタルコレクション（p.276-277・281-282）

作家と猫

◎編者＝平凡社編集部　◎発行者＝下中順平　◎発行所＝株式会社平凡社　〒101・0051　東京都千代田区神田神保町3ノ29　☎＝03・3230・6593（編集）　03・3230・6573（営業）　振替＝00180・0・29639　https://www.heibonsha.co.jp/　◎印刷＝株式会社東京印書館　◎製本＝大口製本印刷株式会社　◎© Heibonsha 2021　Printed in Japan　◎ISBN 978-4-582-74711-9　C0091　◎NDC分類番号910　◎B6変型判（18・0cm）　総ページ304　◎落丁・乱丁本のお取り替えは小社読者サービス係までお送りください（送料小社負担）。

2021年3月3日　初版第1刷発行
2024年9月6日　初版第4刷発行

作家の犬

犬好き作家25人のワンチャン拝見！　文壇2大犬派——志賀直哉vs川端康成をはじめ、江藤淳、檀一雄、白洲正子、井上靖、吉田健一、中野孝次、いわさきちひろ、黒澤明まで。エピソード満載。

作家の犬2

犬を愛した作家と作家に愛された犬の物語、好評第2弾。愛犬とのほほえましいツーショット満載。北杜夫、松本清張、芝木好子、吉川英治、井上ひさし、戸川幸夫、黛敏郎、寺山修司ほか。